LA VOLEUSE NOCTURNE

UNE NOUVELLE DE LA SÉRIE NUIT

LA VOLEUSE NOCTURNE

UNE BELLE VOLEUSE, UN DESTIN INCONNU ET L'AMOUR À TOUT JAMAIS.

Lisa Kessler

Traduit de l'anglais par
Nathalie Tremblay

ADA éditions

Éditeur : François Doucet
Traduction : Nathalie Tremblay
Révision linguistique : Féminin pluriel
Correction d'épreuves : Nancy Coulombe, Katherine Lacombe
Conception de la couverture : Mathieu C. Dandurand
Photo de la couverture : © Thinkstock
Mise en pages : Sébastien Michaud
ISBN papier 978-2-89733-837-4
ISBN PDF numérique 978-2-89733-838-1
ISBN ePub 978-2-89733-839-8
Première impression : 2014
Dépôt légal : 2014
Bibliothèque et Archives nationales du Québec
Bibliothèque Nationale du Canada

Éditions AdA Inc.
1385, boul. Lionel-Boulet
Varennes, Québec, Canada, J3X 1P7
Téléphone : 450-929-0296
Télécopieur : 450-929-0220
www.ada-inc.com
info@ada-inc.com

Diffusion

Canada :	Éditions AdA Inc.
France :	D.G. Diffusion Z.I. des Bogues 31750 Escalquens — France Téléphone : 05.61.00.09.99
Suisse :	Transat — 23.42.77.40
Belgique :	D.G. Diffusion — 05.61.00.09.99

Imprimé au Canada

Participation de la SODEC.
Nous reconnaissons l'aide financière du gouvernement du Canada par l'entremise du Fonds du livre du Canada (FLC) pour nos activités d'édition.
Gouvernement du Québec — Programme de crédit d'impôt pour l'édition de livres — Gestion SODEC.

Catalogage avant publication de Bibliothèque et Archives nationales du Québec et Bibliothèque et Archives Canada

Kessler, Lisa

[Night Thief. Français]
La voleuse nocturne
(Une nouvelle de la série Nuit)
Traduction de : Night Thief.
ISBN 978-2-89733-837-4
I. Tremblay, Nathalie, 1969- . II. Titre. III. Titre : Night Thief. Français.

PS3611.E872N5314 2014 813'.6 C2014-940565-0

Pour ma fille qui continue de poursuivre ses rêves
et qui m'inspire à poursuivre les miens.
Celui-là est pour toi, Panda.

Chapitre 1

Paris – 1840

Marguerite suivit le grand blond aux larges épaules en veillant à éviter de se faire voir. Quand il s'approcha de la foule sur les Champs-Élysées, elle releva sa jupe pour avancer plus rapidement.

S'il la devançait trop, elle le perdrait de vue, lui et sa montre de poche en or incrustée de pierres précieuses, dans la foule parisienne.

La montre lui était tombée dans l'œil pour la première fois à un gala, près d'un mois auparavant. Ce soir-là, l'homme la portait sur le devant de son veston, et le renflement révélateur de sa poche annonçait une bourse bien garnie. Avec un peu de chance, son versement rendrait son objectif plus atteignable. L'espoir l'avait rendue plus hardie, mais malgré cela, elle l'avait perdu de vue avant d'avoir fait sa connaissance.

Elle ne l'avait pas revu depuis, avant ce soir.

Maintenant, il était là, un peu plus loin devant elle, avec tout le reste de Paris, à attendre la procession qui menait la dépouille de Napoléon sous l'imposant Arc de triomphe en direction des Invalides. Elle devait se rapprocher.

Le corbillard qui transportait la dépouille de Napoléon vers son nouveau tombeau tourna sous l'Arc, et la foule se rapprocha de la voiture noire. Les lampes à gaz rougeoyaient au-dessus de leurs têtes et des torches supplémentaires jetaient de longues ombres qui jalonnaient la route. Les cris d'acclamation étaient assourdissants, et l'odeur des corps mal lavés et du vin cuvé l'assaillit lorsque les chevaux trempés de sueur passèrent près d'elle. Leur longue route de la côte vers le cœur de Paris tirait à sa fin.

Marguerite se leva sur la pointe des pieds, tentant d'apercevoir son gentilhomme, mais aucun homme aux cheveux blonds dans la rue n'avait les épaules aussi carrées que lui, et aucun n'était aussi grand que lui.

Elle l'avait de nouveau perdu. Merde !

Pas le temps de s'apitoyer sur son sort. Elle jeta un regard autour d'elle avant de se diriger vers un gentilhomme corpulent en bordure de la foule.

Il se tenait dos à la Seine, un pied relevé et le torse bombé. Son veston en soie bleu pâle, sa chemise aux volants bordés d'or et ses chaussures de cuir poli indiquaient qu'il n'était pas un roturier.

Parfait.

Elle sortit un éventail de son corsage et l'ouvrit d'un coup, flânant vers lui en se dandinant plus qu'à l'ordinaire.

— Bonjour, dit-elle, la tête légèrement penchée, le regardant par-dessous ses grands cils. Pardon, je dois reprendre mon souffle. Il y a tant de gens. J'ai eu peur d'être renversée et piétinée.

Il se dirigea vers elle, s'humectant les lèvres. La prenant fermement par le coude, son regard gourmand traîna dans son corsage.

— Vous n'êtes sûrement pas venue assister seule aux funérailles.

Marguerite lui permit de la guider un peu plus loin de la foule.

— Oui, mon mari est souffrant, mais je lui ai promis de tout lui raconter.

Elle resta près de l'homme, malgré les relents de parfum qui n'arrivaient pas à masquer son odeur corporelle. Elle agita son éventail et se frotta contre lui, mais sa bourse lui échappa jusqu'à ce qu'il se penche pour lui caresser le bras. Elle trouva alors son occasion.

Relevant les épaules, elle écarta les lèvres, retenant l'attention de l'homme sur sa bouche, alors qu'elle attrapait son porte-monnaie gonflé dans son veston et qu'elle tentait de le tirer doucement.

— Le corbillard s'approche, dit-il, pendant que sa main chaude remontait le coude de Marguerite, lui caressait le dos et la prenait par la taille. Puis-je vous accompagner devant pour mieux voir ?

— Oui, dit-elle en masquant son dégoût d'un sourire enjôleur. Merci.

Dès qu'il l'orienta à travers la foule, elle le heurta, et ses doigts agiles attrapèrent l'anneau de sa bourse. D'un coup bref, elle l'extirpa de sa poche.

Il ne sentit rien. Ce qui amena un véritable sourire sur les lèvres de Marguerite.

Le bruit des sabots piaffant sur les pavés se fit plus énergique, et l'assistance se pressa davantage pour voir venir le chariot. Marguerite se faufila dans la foule, laissant derrière son compagnon odorant. Étreignant le porte-monnaie, elle s'éloigna le plus possible de l'Arc de triomphe et glissa son magot dans son corsage.

Ce n'était pas le trésor escompté, mais chaque babiole était un pas de plus vers la liberté.

• • •

À distance, Kane observa la foule suivre la dépouille de Napoléon tandis que le défilé funèbre national passait, en route vers les Invalides. Il scruta la foule. Des domestiques, des fermiers, des dames et leurs gentilshommes et des enfants poussaient des cris d'acclamation pour leur ancien dirigeant adoré.

Il n'avait rencontré l'homme qu'une seule fois, mais ne doutait pas que Napoléon eut apprécié le spectacle offert en son honneur.

Kane se retourna pour partir. Lorsque la cérémonie prendrait fin, le vin coulerait à flots et la violence s'ensuivrait.

Du coin de l'œil, une grande blonde attira son attention. La beauté de porcelaine de son visage, encadré de longues boucles d'or, provoqua l'accélération de son pouls, mais ce furent ses mains qui piquèrent sa curiosité.

Il était presque certain de l'avoir vue glisser la main dans la poche d'un homme pour le voler tout en lui faisant la conversation. Toutefois, aussi rapidement que Kane comprit ce dont il venait d'être témoin, elle se faufila dans la foule et s'y fondit.

Un pli marqua son front. Cette jolie créature venait-elle de voler un homme ?

Il fouilla dans l'océan de Parisiens et autorisa les pensées des mortels qui l'entouraient à pénétrer son esprit. Il remarqua un policier et sourit en comprenant qu'ils cherchaient tous les deux la même personne.

Le policier l'appela *la voleuse d'or.*

Intéressant.

Kane attrapa sa canne à pommeau d'or et s'éloigna du bruit. Les rues seraient envahies de méchanceté avant longtemps. À l'idée, la faim le tirailla, une réaction automatique à la suggestion de gorges tranchées – son moyen de subsistance principal depuis son arrivée en France.

Il y a très longtemps.

Cette ville lui convenait parfaitement. Sa peau pâle se mêlait facilement à la foule française. Parmi les Mayas, il se démarquait, alors que sa coloration l'élevait au niveau de Dieu, mais en France, il vivait parmi les mortels sans qu'on mette en doute son origine.

C'était à la fois une bénédiction et une malédiction. Une part de lui s'ennuyait des jours où les mortels le considéraient pour ce qu'il était.

Souvent, les yeux levés vers les étoiles, il s'interrogeait sur le destin de son pays d'origine.

• • •

Le lendemain soir, Kane se réveilla avec une impatience inhabituelle face à la nuit. Son seul but dans la vie était de protéger les innocents de ceux qui leur voulaient du mal.

Le visage de la femme, particulièrement son sourire alors qu'elle glissait la bourse dans son corsage, l'intriguait. Généralement, les prédateurs de Paris étaient des hommes.

Il traversa le passage secret sous son château. Grâce à sa force surhumaine, il poussa la lourde pierre qui s'ouvrait sur le sol de sa chambre. Après l'avoir replacée, il la couvrit d'un tapis et se dirigea vers sa penderie.

Une des choses du monde des vivants qui mettaient encore sa patience à l'épreuve était les vêtements. Sa peau s'irritait, suffoquait sous les redingotes, les pantalons et les cravates à l'européenne.

Malgré la mode actuelle, il refusait de porter la cravate, laissant le haut de sa chemise déboutonné. À l'occasion, son apparent manque de distinction faisait froncer des sourcils, mais il ne se préoccupait pas du tout de ce que les autres pensaient de lui.

Après avoir noué ses cheveux avec une lanière de cuir, il prit sa canne. La tige en acajou était surmontée d'un pommeau d'or taillé en forme de jaguar. Une pièce unique. Un rappel de sa véritable identité, malgré son vernis parisien et son aptitude à se fondre dans la jungle nocturne de la ville.

Il ne lui fallut pas longtemps pour retrouver le commissaire de police, qui arpentait une ruelle étroite.

– Monsieur l'agent, dit-il en attendant que le commissaire se retourne. Puis-je vous demander des nouvelles de la voleuse d'or ?

Les moustaches du policier se retroussèrent comme si la seule mention de son nom empestait l'air ambiant, et Kane se demanda s'il n'allait pas refuser. Pas que cela fasse quelque différence que ce soit. Kane l'hypnotiserait et tirerait de lui les renseignements désirés.

Toutefois, l'homme à l'uniforme le toisa et hocha la tête.

– Soyez prudent. Elle vous fascinera avec ses cheveux blonds et ses yeux bleus, mais derrière toute cette beauté se terre une voleuse rusée. Elle charme les hommes et s'éloigne en emportant leurs biens précieux tandis qu'ils l'admirent.

– Tout à fait charmante ! se moqua-t-il en changeant sa canne de main pour paraître préoccupé.

L'agent secoua la tête.

– Elle ne sera pas aussi charmante en prison.

– Peut-être pas, répondit Kane en le saluant légèrement. Merci.

Il s'éloigna dans la pénombre, amusé. Non seulement était-elle superbe, mais sa voleuse blonde était également dégourdie. Il y avait pour lui si peu de défis à relever dans cet univers mortel qu'il s'amuserait à la traquer.

Il lui fallut près de trois semaines.

Kane accepta les invitations qu'il ignorait généralement, et prit part à des dîners importants avec l'élite bien nantie de Paris. À en juger par la robe qu'elle portait au défilé funèbre de Napoléon, Kane se dit que sa voleuse devait fréquenter ces mêmes cercles. Chaque soir, il s'ouvrit aux pensées des autres convives et de ses hôtes, mais après deux semaines, il n'avait toujours aucune nouvelle d'elle. Malgré les siècles passés sur cette terre, il ne maîtrisait toujours pas l'art de la patience.

Il s'apprêtait à abandonner son projet pour retourner arpenter les rues de la ville lorsqu'il l'aperçut enfin.

Dès qu'elle entra dans la pièce, il le sut. Le bruit de son rire flottait au-dessus du quatuor à cordes, qui jouait dans un coin. Kane fit volte-face, et son cœur se serra. Le sourire de Marguerite l'arrêta net, et pendant un instant, le reste du monde cessa d'exister. Il résista à l'envie de bousculer les autres danseurs pour se frayer un chemin jusqu'à elle.

Il ne pouvait se montrer si empressé, sinon la proie s'enfuirait.

Au fin fond de son âme, son esprit animal s'agita. Kane s'arrêta un instant, surpris par le réveil du félin. Cela faisait des décennies depuis la dernière fois qu'il s'était autorisé une métamorphose en jaguar. Le sentir à fleur de peau le déstabilisa.

Lorsqu'elle s'approcha de lui, le regard de Marguerite exigea toute son attention. Ce soir, il avait résolument porté ses bagues les plus précieuses et sa montre de poche en or sertie de rubis. La richesse attirerait la voleuse comme un papillon de nuit est attiré par la lueur d'une chandelle.

Du moins, c'est ce qu'il espérait.

Il la salua discrètement de la tête.

— Me feriez-vous l'honneur d'une danse ?

Elle posa ses doigts chauds sur sa main. Ses yeux de saphir étincelaient en le regardant.

— Tout le plaisir serait pour moi, monsieur.

Le cœur de Kane fit un drôle de bond lorsqu'il la prit par la main pour la guider vers la salle de bal. Il posa la main sur sa taille corsetée et l'entraîna dans une valse.

Ils virevoltèrent au son de la musique, les pas de Marguerite suivant les siens. Son corps évoluait comme si elle faisait partie de la mélodie qui emplissait la pièce. Avant qu'il ne s'en rende compte, il fut complètement subjugué par la musique, et par Marguerite. Ses lèvres pleines et roses n'attendaient que d'être embrassées, et ses boucles d'or caressaient la courbe de sa poitrine. Les doigts de Kane le démangeaient de caresser également la douceur de sa peau.

Son regard glissa le long de sa mâchoire et de son cou. Elle portait un collier de velours raffiné qui dissimulait son pouls. Et c'était tant mieux.

Alors que la musique battait la dernière cadence, il la salua et leva sa main pour y déposer un baiser.

— Ce fut un plaisir de danser avec vous.

— Tout le plaisir était pour moi, monsieur, répondit-elle en esquissant un sourire alors que le rouge lui montait aux joues.

Il libéra ses doigts et l'observa faire demi-tour pour s'éloigner. Kane fronça les sourcils et ajusta sa chemise, frottant sa cicatrice, cachée sous le tissu, avant de pouvoir s'en empêcher. Cette femme avait un étrange effet sur lui. Sa montre de poche était toujours là. Elle n'avait pas mordu à l'hameçon.

— Pardonnez-moi, dit-il.

Elle se retourna vers lui, son sourire le paralysant.

— Mais je ne connais même pas votre non.

Elle le dévisagea un instant, et il se demanda s'il devait fouiller ses pensées, mais décida de ne pas le faire. Cette femme était un délicieux mystère, qu'il prendrait plaisir à résoudre. Lentement.

Elle lui tendit la main.

— Je m'appelle Marguerite Rousseau.

Il leva les yeux vers elle en baisant sa main habile.

— Je suis heureux de faire votre connaissance, Marguerite. Je m'appelle Kane Bordeaux.

Il se redressa sans lâcher sa main.

— Qui est l'heureux gentilhomme que vous vous empressiez d'aller rejoindre ?

Elle rit et secoua la tête.

— Il n'y a aucun homme que je désire aller rejoindre, dit-elle en se rapprochant et en baissant le ton. Je meurs de soif et je suis en quête d'un bon verre de vin.

— Permettez-moi, alors ? dit Kane en plaçant la main de Marguerite dans le creux de son bras.

— Oui, dit-elle en ponctuant sa réponse d'un hochement charmant de la tête.

Il la guida à travers les danseurs, en direction du vin, de l'assortiment de pains et de fromages qui garnissaient la table à l'autre extrémité de la salle de bal.

— Notre hôte est des plus généreux ce soir, dit Kane en remplissant un verre de vin tandis qu'elle plaçait du fromage et du pain dans son assiette et qu'elle glissait les petites fourchettes à fromage en argent dans son sac à main.

Non seulement intelligente et agile, mais impudente.

Il lui tendit un verre de vin lorsqu'elle se retourna vers lui. Rien dans son attitude ne laissait paraître la moindre trace de nervosité ou de culpabilité. S'il ne l'avait pas vue glisser l'argenterie dans son sac, il n'aurait jamais rien soupçonné.

Marguerite savoura lentement son vin et s'épongea le front avec son mouchoir en dentelle.

Il jeta un regard en direction de la porte.

— Aimeriez-vous sortir sur le balcon ?

Elle sourit et le surprit en lui prenant la main.

— Oui, mais seulement si vous m'accompagnez.

— Comme si j'allais laisser une telle beauté sortir de mon champ de vision.

La couleur transparaissait dans son cou poudré, donnant un peu de vie à sa peau ivoire. Sa langue joua avec les bouts acérés de ses crocs, alors qu'il combattait l'envie de la goûter. Il ne pouvait se rappeler la dernière fois qu'une femme avait éveillé en lui un tel désir.

Elle le mena au balcon et savoura lentement son vin.

— Comment connaissez-vous le marquis ?

Kane s'adossa à la balustrade du balcon, faisant tournoyer le vin dans son verre.

— J'ai acheté un étalon de lui il y a quelques années. Il m'invite à ses soirées dans l'espoir que je fasse de nouveau affaire avec lui, dit-il en penchant le verre à ses lèvres sans qu'une goutte de liquide coule dans sa bouche. Le marquis est-il de votre parenté ?

— Non, je représente simplement mon maître. Le marquis est un admirateur de son œuvre.

Une domestique passa à proximité et Marguerite posa son verre sur le plateau. Elle mordilla sa lèvre inférieure, attirant son attention sur sa bouche parfaite.

— Et où est votre femme, monsieur ?

Le ton de sa question tenait davantage du défi. Kane fronça les sourcils et se redressa de toute sa taille.

— Je n'ai jamais été marié.

Elle fit une pause.

— Sans femme et enfant, qui perpétuera votre lignée ?

Il refoula un éclat de rire soudain.

— Je vous garantis que ma lignée se poursuivra sans femme.

Elle plissa légèrement les yeux pour mieux l'étudier.

— Vous êtes… intrigant, Monsieur Bordeaux.

— Je préfère me considérer comme quelqu'un de rationnel. Les relations compliquent tout.

Il ajusta son veston étouffant, combattant l'envie de le retirer. Sa montre en or cognait contre sa poitrine, ce qui lui rappela que le poisson n'avait pas mordu à l'hameçon. *Intéressant.*

— Hum, mais la vie serait monotone sans elles, non ?

Le son de sa voix et la façon dont les chandelles se reflétaient dans ses yeux l'hypnotisaient. Elle le prit de nouveau par la main.

– La dernière danse commence. Nous devrions rentrer.

Il l'autorisa à le ramener dans la salle de bal, et la fit pivoter pour qu'elle se retrouve face à lui. Ils valsèrent parmi les autres convives, parcourant la pièce jusqu'à ce que les danseurs qui les entouraient deviennent flous. Alors que la musique atteignait son apogée, la main de Marguerite glissa de la sienne et elle fut emportée par un nouveau partenaire. Une beauté espiègle aux cheveux châtains et au sourire timide lui prit la main, et quoiqu'il ait pu songer à la séduire pour l'entraîner dans son lit, il ne pouvait se concentrer sur elle. Pas avec Marguerite dansant un partenaire, puis deux, plus loin.

C'était une inondation étourdissante de couleurs tandis que les robes virevoltaient, que les danseurs tourbillonnaient et que les rires se mariaient au crescendo du quatuor à cordes. Kane salua différentes partenaires et valsa avec elles, avant de se rendre compte qu'il avait perdu Marguerite dans la foule.

Il toucha sa poche de veston.

Il avait également perdu sa montre en or préférée.

Kane reprit sa canne du majordome et quitta la soirée, scrutant la rue dans tous les sens pour tenter d'apercevoir la voleuse d'or. La fragrance subtile des cheveux de Marguerite flottait encore dans l'air… une odeur de rose et de lavande. *Une proie facile.*

Kane se précipita dans la pénombre, suivant son odeur. Il aperçut un bout de sa chevelure avant qu'elle ne disparaisse au coin de la rue. Il ralentit lorsqu'elle fit une pause avant de traverser la prochaine rue. Kane se dissimula dans la pénombre de l'embrasure de porte d'un cordonnier pour attendre.

Elle se retourna, son regard bleu scrutant la rue derrière elle. Avec un air de confiance, elle releva la tête et poursuivit sa route.

Kane resta à distance derrière elle. Avant de traverser la rue pour la suivre, une carriole et un cheval passèrent devant lui. Les roues de bois éclaboussèrent d'eau ses bottes vernies, mais il ne prit pas le temps de les nettoyer.

Elle tourna un coin et emprunta une rue achalandée. Kane s'efforça de se frayer un chemin dans la foule juste à temps pour la voir s'engouffrer dans une ruelle sombre, essayant chaque porte au passage jusqu'à ce que l'une d'entre elles s'ouvre. Il la vit disparaître par la porte arrière d'une boulangerie. Il s'approcha lentement de l'édifice sombre, tentant de ne pas attirer l'attention.

Lorsqu'il attrapa la poignée en cuivre chevrotante pour la tourner, le métal usé grinça pour protester. Il s'immobilisa et écouta pour déceler tout signe de mouvement à l'intérieur. Lorsqu'il fut certain de n'avoir rien entendu, Kane ouvrit la porte et se glissa à l'intérieur.

Arpentant un couloir mal éclairé, il découvrit une pièce où se trouvaient d'imposants fours en brique. Dans le coin éloigné, elle était assise à une table éclairée par une unique chandelle, étalant devant elle des pièces de monnaie et des bijoux. La flamme valsait devant elle et éclairait chaleureusement son visage pâle. Il fit un pas rapide vers l'avant, attiré par une boucle égarée de cheveux blonds qui caressait la douce courbe de sa poitrine. Marguerite fronça un sourcil et pinça ses lèvres en fouillant dans son butin de la soirée.

— Je crois que cette montre de poche m'appartient, dit-il.

Elle poussa une exclamation de surprise et se leva précipitamment de la table. Sa surprise s'effaça rapidement, remplacée par le masque habilement répété du charme.

— Vous m'avez effrayée, monsieur, dit-elle en prenant sa montre en or sur la table. J'ai trouvé un sac dans la rue qui contenait toutes ces babioles.

Le son de sa voix intrigua Kane, et il se rendit compte qu'il avait été impatient de la revoir. Étrange. Il fit un pas vers elle pour se rapprocher, même si cette proximité n'était que temporaire… jusqu'à ce qu'elle s'enfuît.

— Non, vous avez trouvé la montre dans la poche de mon veston alors que nous dansions ce soir.

— Vous avez tort et vous m'insultez, dit-elle en relevant légèrement le menton, juste assez pour suggérer qu'elle était outrée de son accusation.

Kane réduisit la distance les séparant, surpris qu'elle ne recule pas. Le parfum de Marguerite le subjugua par ce mélange intrigant de roses et d'épices tandis que son regard la détaillait lentement. Sa robe était d'un vert émeraude profond, ajustée à la taille, et son corset relevait sa modeste poitrine. Malgré la jupe et les manches démesurées, elle demeurait délicate, bien que loin d'être fragile.

Elle portait ses boucles d'or relevées en un chignon lâche, et des boucles lui retombaient dans le cou, ce qui encadrait ses grands yeux ronds et ses pommettes hautes. Rien chez elle n'était subtil ou négligeable, comme devrait l'être un voleur.

Lorsqu'il prit la montre de sa main, il remarqua qu'un peu de rouge transparaissait sous le collier de velours qu'elle portait au cou. *Attirant.*

– Vous êtes une voleuse flamboyante.

Il ne vit pas venir la gifle.

– Comment osez-vous ! dit-elle, les poings serrés contre son corps.

Kane sourit et tendit la main vers celle de Marguerite, puis porta doucement ses doigts à ses lèvres. Son attaque ne faisait pas le poids contre sa force surhumaine. Posant un baiser glacial sur ses jointures, il la regarda fixement dans les yeux.

– Pardonnez mon impolitesse, murmura-t-il. Vous êtes la voleuse la plus adorable, délicate et superbe que je n'aie jamais rencontrée.

Cette fois, il attrapa son autre poignet avant que la gifle n'atteigne sa joue. Elle écarquilla ses grands yeux bleus.

– Lâchez-moi.

– Pas tout de suite, dit-il en penchant légèrement la tête. J'ai une confession à faire.

– Vous ?

Il la libéra.

– Je vous surveillais, en attendant de faire votre connaissance. Je portais ma montre ce soir dans l'espoir que vous me la voliez.

Elle fronça les sourcils.

– Pourquoi ?

– Parce que vous m'intriguez. Je n'ai jamais rencontré une voleuse comme vous.

Le regard de Marguerite se fit inquisiteur, et pendant un instant, il se demanda si elle n'allait pas s'excuser de lui avoir volé sa montre.

— Je n'ai *pas* volé votre montre, dit-elle en levant le menton. Je l'ai trouvée.

Marguerite mit sa montre dans la paume de sa main et referma ses doigts dessus. Regardant fixement sa main, elle fronça les sourcils.

— Votre peau est froide, dit-elle en le lâchant. Êtes-vous souffrant ?

Il secoua la tête.

— Je vais bien.

Elle retourna vers la table pour amasser ses autres trésors.

— Il est heureux que nos destins se soient de nouveau croisés afin que je puisse vous rendre votre montre. Malheureusement, il me faut encore trouver les autres propriétaires.

— Nous pourrions donner les objets trouvés aux policiers, suggéra-t-il.

— Non ! dit-elle en prenant le sac pour le cacher derrière sa jupe.

Il l'observa s'éclaircir la voix et retrouver toute l'assurance de son charme.

— Je peux confier ces objets de valeur à qui que ce soit. Demain, je retournerai voir notre hôte pour lui demander lesquels de ses convives ont perdu des objets de valeur. C'est la seule façon de me rassurer et de savoir qu'ils seront rendus à leurs véritables propriétaires.

— Comme c'est gentil de votre part. Avec cette voleuse d'or dans les rues de Paris, ils croient probablement que leurs objets précieux sont perdus à tout jamais.

Elle se redressa et pressa les lèvres à l'instar d'une princesse royale. Il pouvait à peine se retenir de l'embrasser.

Qu'est-ce qui clochait chez lui ? Il aurait dû être en colère, ou du moins il aurait dû avoir envie de la livrer aux policiers.

Ses épaules se tendirent à l'idée qu'un agent pouvait poser une main sur elle.

Elle s'éclaircit la voix.

— Que savez-vous au sujet de la voleuse d'or ?

Il se rapprocha d'elle et parla à voix basse.

— On m'a dit qu'elle avait les cheveux blonds et que sa beauté était si éblouissante que personne ne remarque qu'elle vole notre bourse dans notre poche. J'ai aussi appris qu'elle charmait ses victimes jusqu'à ce qu'elles se soucient peu d'avoir été délestées des pièces de leur porte-monnaie.

Il pencha la tête. L'odeur de ses cheveux et le battement de son cœur l'attiraient. Kane avait envie de la goûter. Une femme si inhabituelle. Il ravala son désir et murmura près de son oreille.

— Ma description est-elle très loin de la vérité ?

Elle soutint son regard. La flamme de la chandelle vacillait dans son regard bleu mer.

— Peut-être n'avez-vous pas suffisamment été charmé, Monsieur Bordeaux.

— Dans mon empressement à vous retrouver, j'ai presque été renversé par une carriole.

Elle baissa les yeux sur sa montre et revint soutenir son regard.

— Vous tenez donc beaucoup à cette montre.

Il se pencha plus près, jusqu'à ce que ses lèvres effleurent celles de Marguerite.

— Ce n'est pas la montre que je poursuivais.

Elle ferma doucement les yeux en murmurant :

– Était-ce pour l'honneur d'attraper la voleuse d'or et de la faire arrêter ?

– Non, dit-il d'une voix rauque, la gorge serrée alors que son haleine chaude caressait les lèvres froides de Kane. Je n'ai aucune intention de capturer une voleuse si magnifique.

Il l'embrassa avant qu'elle n'ait le temps de protester de se faire traiter de voleuse. Il s'attendait presque à une gifle, mais elle ronronna plutôt contre ses lèvres, répondant avidement à son désir. Kane glissa une main dans son dos, la pressant contre sa poitrine. Chaque courbe du corps de Marguerite enflammait le sien. Aucune mortelle n'avait provoqué chez lui un désir si ardent d'être caressé.

Marguerite explora la poitrine et les épaules de Kane de ses mains. Avant qu'elle ne se rende compte de ce qu'elle faisait, la lanière de cuir qui retenait sa crinière blonde tomba au sol. Il grogna lorsqu'elle glissa les doigts dans ses cheveux. Chaque caresse lui donnait davantage envie d'elle.

En tant que dieu, il s'était toujours tenu à distance du monde qui l'entourait, mais avec cette femme dans ses bras, il se sentait comme un homme. Il n'était plus un berger avec une horde de brebis égarées. Elle l'avait attiré dans son univers mortel, l'exposant à la tentation d'en faire partie.

Il devait s'arrêter. Ce chemin ne menait qu'à la folie. Se tenir à distance des mortels le protégeait de la douleur de les perdre. Qu'avait-elle qui le rendait si faible ?

Elle recula avant qu'il ne soit prêt à la relâcher, portant les mains à sa bouche pour la couvrir. Instantanément, il reprit ses esprits. Elle s'était coupée sur un croc. Le désir du sang grognait en lui, et il recula d'un pas afin de garder son sang-froid.

– Pardonnez-moi, j'étais trop intense.

Elle secoua la tête tout en baissant doucement sa main.

– Vous ne m'avez pas blessée, monsieur.

– S'il vous plaît, appelez-moi Kane.

Elle rougit.

– Je ne suis pas blessée, Kane, hésita-t-elle en pressant un doigt sur ses lèvres. Seulement un peu surprise. Vous devez avoir une dent ébréchée.

Il était toujours étonné de voir que l'esprit humain cherchait toujours à expliquer la différence. Il lui prit la main pour y déposer délicatement un baiser.

– Permettez-moi de vous raccompagner chez vous.

Un sourire en coin rusé se dessina sur ses lèvres.

– Si j'étais la voleuse d'or, je ne ramènerais jamais un homme à la maison. Surtout pas le soir.

Il posa la main de Marguerite dans le creux de son coude.

– Alors, je lui proposerais de venir chez moi.

Elle fronça un sourcil.

– Vous ne me considérez plus comme une voleuse ?

– Peut-être m'avez-vous volé mon bon sens.

– Soyez heureux que je ne sois pas une voleuse, glousса-t-elle.

– Heureux en effet, se surprit-il à rire.

Chapitre 2

Marguerite écarquilla les yeux en contournant la maison de Kane. Sous le clair de lune, des centaines de roses étaient en fleur autour d'elle. Elle lâcha le bras de Kane, tendit la main vers une grosse fleur et se pencha pour humer son parfum.

— J'adore les roses, dit-elle en se relevant pour le regarder dans les yeux.

— Elles vous vont bien.

À sa façon de la regarder en lui parlant, le cœur de Marguerite ne fit qu'un bond. Au fil des ans, elle avait rencontré bien des hommes riches et puissants, mais Kane Bordeaux lui semblait différent. Il ne la regardait pas comme un bien ou quelqu'un d'inférieur.

Malgré leur baiser, il la considérait sur un pied d'égalité, et se comportait envers elle avec respect. Sous cette façade, toutefois, au fond de son regard, il y avait quelque chose de sauvage, de brute, qui remontait à la surface. Elle ne pouvait mettre le doigt dessus, mais cela viendrait. Les hommes étaient des mystères que Marguerite se flattait de pouvoir résoudre.

La séduction l'aidait souvent dans sa quête pour délester les hommes riches de leurs babioles, mais les hommes ne demeuraient que très rarement des gentilshommes après qu'elle avait badiné avec eux de façon si directe. Rapidement, ils la traitaient comme une pauvre courtisane, ce qui allégeait toute culpabilité pour elle alors qu'elle comptait, plus tard, leurs pièces de monnaie. Une part d'elle ne voulait plus de la montre de Kane Bordeaux.

Toutefois, la nécessité était plus forte que sa conscience. Elle rentrerait à la maison avec ce qu'elle convoitait.

— Est-ce là la maison de Bordeaux ?

— C'est chez moi, répondit Kane en levant les yeux alors qu'un domestique aux cheveux blancs ouvrait la porte d'entrée. Et voici Gérard. Il s'occupe de la maison pour moi durant la journée.

L'estomac de Marguerite se noua. Pourquoi n'avait-il besoin de domestiques que durant la journée ? Mais avant qu'elle ne puisse le questionner sur cet étrange commentaire, Gérard les salua et alluma une lanterne à l'extérieur de la porte d'entrée pour illuminer le sentier.

— Puis-je vous être utile, Monsieur Bordeaux ?

— Cette lumière m'est fort utile, merci, Gérard.

Le majordome hocha la tête et rentra à l'intérieur, refermant la porte d'entrée derrière lui. Kane prit la main de Marguerite.

— Aimeriez-vous entrer prendre un verre ?

Le cœur de Marguerite ne fit qu'un bond. Il était beaucoup trop risqué de l'accompagner à l'intérieur. À quoi pensait-elle ? Peut-être était-elle encore bouleversée par le baiser, ce qui lui faisait oublier sa mission de le voler, et non pas de profiter de sa compagnie.

Kane Bordeaux s'avérait être plus enivrant que le vin français.

Elle secoua la tête et prit une profonde inspiration, fermant les yeux et emplissant ses narines du parfum des roses. Après avoir ouvert lentement les yeux, elle lui sourit.

— Ce jardin est tout ce dont j'ai besoin pour l'instant.

Elle s'avança un peu plus loin dans le jardin de roses, absorbant la beauté des couleurs sous la douce lueur de la lampe à gaz.

Il la suivit.

— Pourquoi votre maître a-t-il envoyé au bal du marquis une si belle jeune femme sans personne qui l'accompagne ?

Elle le regarda par-dessus son épaule et remarqua que sa montre était de retour au creux de sa poche.

— Vous êtes un homme plutôt direct.

— Vraiment ? dit-il en cliquant des doigts sur le pommeau de sa canne en or. Je préfère me considérer comme curieux.

— Mon bienfaiteur est Antoine Berjon.

— L'artiste ?

— Oui.

« Entre autres. »

— Il est souffrant depuis quelques années, je participe donc aux activités pour lui, ajouta-t-elle.

— Peint-il toujours ?

Elle hocha la tête. Moins on en dit, mieux ça vaut. En fait, elle en avait probablement déjà trop dit à Kane. Elle se redressa.

— Je devrais rentrer, dit-elle en passant près de lui, mais en évitant de le toucher.

Il y aurait bien d'autres montres en or.

— Il sera inquiet que je ne sois toujours pas rentrée.

— Permettez-moi de vous raccompagner, alors. Il fait trop noir ce soir pour qu'une femme se promène seule.

Le pouls de Marguerite s'accéléra à l'idée.

— Non ! dit-elle en secouant la tête et en s'efforçant de sourire sereinement. Je n'ai pas peur du noir, monsieur. Je n'ai pas besoin d'avoir quelqu'un qui m'accompagne.

— Je ne voulais pas dire que vous n'étiez pas en mesure d'éviter les dangers.

— C'est pourtant ce que vous avez dit, s'amusa-t-elle.

Un muscle de la joue de Kane tressauta.

— Je n'aimerais pas qu'il vous arrive quoi que ce soit.

— Je m'en voudrais également, voilà pourquoi j'ai bien l'intention de rentrer indemne à la maison.

Il lui sourit, et ses yeux bleus brillèrent au clair de lune. Pendant un instant, il eut dans le regard un petit quelque chose de primal, mais il le relégua vite à l'intérieur et porta la main de Marguerite à ses lèvres. La sensation de sa bouche sur sa peau éveilla en Marguerite le souvenir du baiser et de la force de ses bras qui l'étreignaient.

Lorsqu'il se redressa, il ne lâcha pas sa main.

— Je tuerais tout homme qui vous veut du mal.

Marguerite s'humecta les lèvres, devenues brusquement très sèches.

— Alors, les hommes de Paris sont heureux que les voleurs soient rapides, rusés et habiles à les éviter.

Il se rapprocha et lui murmura :

— Vous m'avez dit que vous n'étiez pas une voleuse.

Levant les yeux vers lui, le cœur battant et la peau enflammée, elle lui dit :

— Je suis bien des choses.

— En effet.

Lorsque les lèvres de Kane caressèrent ses lèvres, l'estomac de Marguerite se noua et son corps se languit de ses caresses. Sa bouche goûtait le propre et le naturel, pas du tout souillée par le goût amer du vin. Chaque baiser s'étira, et elle savoura la passion délicieuse qui parcourait tout son corps, réchauffant sa peau et éveillant son désir.

Essoufflée, elle rompit le baiser et recula d'un pas.

Sa voix lui parut épaisse et rauque.

— Nous ne devrions pas nous embrasser ainsi dans le jardin, les gens colporteraient des ragots.

Si ces ragots se rendaient jusqu'à son maître, il en coûterait à Kane plus qu'il ne pouvait se permettre.

— Alors, entrez avec moi.

Les orteils de Marguerite se retroussèrent dans ses bottes. Elle se mordit la lèvre et s'obligea à reculer d'un autre pas. Elle pourrait prendre le risque de l'accompagner à l'intérieur si elle croyait pouvoir en ressortir avec un butin intéressant. Elle serait toujours responsable de la soirée, mais plus ils se caressaient, plus facile il devenait d'oublier sa mission et de succomber au désir.

Elle ne pouvait se permettre de lui accorder ce pouvoir.

— Si j'entrais, nous pourrions faire plus que nous embrasser.

Il haussa un sourcil, et le coin de sa bouche se releva en un sourire coquin qui donna des chaleurs à Marguerite. Ses yeux brillaient d'espièglerie.

— Alors, pourquoi sommes-nous toujours dehors ?

Elle releva le menton et combattit l'envie de l'encourager. Feignant l'arrogance, elle répondit en faisant une courte révérence :

— Je dois rentrer m'occuper de monsieur Berjon. Bonsoir, Monsieur Bordeaux.

— Kane.

Il prit sa main et la porta à ses lèvres. Son regard était intense et empli d'une passion qui procura des frissons à Marguerite et lui donna envie d'être caressée. *Dangereux.*

— J'espère vous revoir bientôt, Rita.

L'entendre l'appeler Rita lui parut intime, et plutôt que d'être offensée, son cœur s'emballa.

— Peut-être nos chemins se croiseront-ils de nouveau bientôt, dit-elle en se retournant, relevant sa jupe pour suivre le sentier jusqu'au chemin. Bonsoir.

Avant qu'il ne puisse répondre, elle s'enfonça dans l'obscurité.

• • •

Marguerite ferma les yeux et prit une profonde inspiration, s'efforçant de calmer son pouls. Lorsqu'elle ouvrit de nouveau les yeux, elle se sentit plus concentrée, en pleine maîtrise de ses moyens. Prête.

Avec habileté, elle leva le loquet usé de la clôture et pénétra dans la cour. Plutôt que de s'approcher de la maison principale bien éclairée, elle longea dans l'ombre un haut mur de pierres qui contournait la résidence de son maître.

Ses vastes jupes bruissaient si elle se précipitait, elle ralentit donc le pas sans se presser. Lorsqu'elle atteignit l'étable, elle se glissa à l'intérieur et vérifia chaque stalle et la sellerie pour s'assurer d'être seule.

Dissimulée dans la sellerie avec les selles et les brides, elle dégrafa rapidement son corset et soupira de soulagement lorsqu'elle fut libérée et qu'elle put finalement prendre sa première bonne inspiration de la soirée. Si sa cousine Callia s'améliorait pour lacer les corsets, elle serait chanceuse de ne pas perdre connaissance. Glissant hors de sa robe, elle la fourra dans un sac en jute.

Le clair de lune filtrait par une minuscule fenêtre, la baignant d'une étrange lueur bleue. Elle se frotta les côtes sensibles de ses mains en se rappelant les caresses de Kane. Depuis qu'elle le surveillait, rien ne l'avait préparée au désir qu'elle ressentait à son simple toucher.

Il n'avait rien en commun avec les nobles français qu'elle côtoyait. Plutôt que de la rejeter et de la juger, le regard de Kane l'avait fait se sentir vivante et forte.

Elle avait également remarqué qu'il ne portait pas de cravate à son col. La rébellion de Kane envers la noblesse française avait attiré son attention bien avant sa montre en or. Même si ses cheveux étaient blonds et ses yeux, bleus, sa peau n'était pas aussi pâle que celle des riches Français. Son teint de bronze ressemblait à celui des laboureurs et des fermiers, comme s'il invitait le soleil estival à embrasser son corps sans la barrière d'une chemise et d'un veston.

Assez. Elle ne le reverrait plus jamais de toute manière.

Une fois en culotte longue et en gaine, Marguerite ouvrit son sac et renversa son trésor sur le dessus d'un grand coffre. Demain, elle pourrait vendre deux babioles au marché. Plus que deux attireraient l'attention.

Elle opta pour les fourchettes en argent et une broche sertie de rubis, puis fourra le sac dans le sac en jute avec sa robe avant de le cacher derrière le baril de grains.

« J'ai faim. »

Le murmure la fit sursauter et elle laissa tomber la broche. Il l'apostrophait. Elle devait se dépêcher.

Elle prit le trésor et le dissimula dans le creux de sa poitrine avant de s'empresser de mettre sa robe. Même si elle était malheureusement démodée, son maître détestait les robes à vastes jupes et corset. Il préférait les robes à taille empire qu'il avait connues.

Le cheval bai à ses côtés poussa la porte de sa stalle.

— Napoléon, chut, dit-elle.

Le cheval releva la tête et recula.

Marguerite s'observa dans le miroir et dénoua ses cheveux. Les peignant des doigts, elle pressa ses lèvres ensemble, le regard figé sur le collier de velours qu'elle portait au cou.

Elle n'aurait plus à faire cela bien longtemps encore. Elle avait presque assez d'argent pour s'enfuir avec Callia. Très bientôt.

Vérifiant l'attache au dos de sa robe, elle ajusta la boucle avant de remonter la main pour s'assurer que ses babioles étaient en sécurité à l'intérieur.

Maintenant, elle était prête. Marguerite quitta l'étable et se dirigea vers la maison la tête haute.

• • •

Elle ouvrit les grandes portes de la bibliothèque et entra. Antoine se redressa sur le canapé et s'essuya la bouche avec l'avant-bras. La femme sous lui pleurnichait, mais au moins, elle était toujours en vie.

Pour l'instant.

— Enfin, ma chérie, dit-il en ajustant sa redingote avant de suivre le regard de Marguerite posé sur l'invitée. Tu savais que j'avais faim. Cela n'aurait pas été nécessaire si tu avais été ici où tu dois être.

Marguerite ravala l'envie de lui dire où il devait être et pencha plutôt la tête.

— Pardonne-moi, mais je dois tout de même manger.

— Mais bien sûr, dit-il en s'approchant d'elle.

Il fallut à Marguerite tout son courage pour éviter de tressaillir.

Elle ne lui donnerait pas cette satisfaction.

Antoine fronça les sourcils.

— Où étais-tu ce soir ?

Elle leva les yeux.

— Je suis allée voir le marquis en ton nom. Pour la commission, tu te souviens ? Il voudrait que tu peignes son…

— Qui d'autre était présent ? dit-il en faisant les cent pas comme s'il s'agissait d'un tribunal.

— Le marquis, sa femme et ses filles, répondit Marguerite en sourcillant.

Elle vit des étoiles lorsqu'il la frappa et qu'elle fut propulsée de l'autre côté de la pièce. Elle put goûter le sang qui lui emplissait la bouche lorsqu'elle se coupa la langue avec ses dents.

Il se précipita sur elle, l'attrapa par les cheveux et la remit sur pieds.

— Menteuse ! Je peux le sentir.

Elle refusa de le laisser voir ses larmes. Refusa. Elle se planta les ongles dans la paume des mains.

— Ce peut être n'importe qui. Je croise bien des gens dans la rue.

— Espèce de salope, dit-il en se pressant contre elle et caressant sa hanche. Sale traînée.

Elle lui cracha du sang au visage. Antoine lâcha ses cheveux, rit en léchant le sang sur ses lèvres.

– J'adore quand tu te défends.

D'un mouvement rapide, il l'étreignit, lui arracha le collier de velours et planta ses crocs dans sa gorge. Une douleur aiguë la traversa et elle cria malgré elle, se débattant pour se libérer jusqu'à ce que ses membres soient trop lourds pour bouger.

Peut-être en mourrait-elle cette fois-ci.

Chapitre 3

Kane voulut la suivre lorsqu'elle disparut dans la nuit, mais le lever du soleil était dans moins de deux heures. Il ne pouvait pas prendre ce risque.

Cette femme était une criminelle, pas si différente de ceux dont il se sustentait. Pourtant, plutôt que d'exiger que justice soit faite, il était curieux de découvrir ses motivations. Il serra les poings en constatant son hypocrisie. Il aurait dû éviter la tentation. Et pourtant…

Le goût persistant de la douceur de son sang lors de leur baiser le tourmentait. Il ne pouvait non plus s'empêcher de penser à la tenir dans ses bras, à goûter ses lèvres, qui lui rendaient son baiser avec autant de passion. Son esprit et son désir n'étaient pas empêtrés de l'étiquette civilisée de la noblesse feinte.

Son esprit intelligent et son assurance étaient rafraîchissants. Sa beauté, le son de son rire et sa façon de le regarder avec défi le hantaient.

Il devait la revoir.

Il retira sa redingote et entra dans son antre, déboutonnant sa chemise étouffante en marchant. Une fois libéré du tissu contraignant, il put réfléchir. Même s'il lui avait fallu quelques semaines pour traquer la voleuse d'or, il détenait maintenant plus de renseignements à son sujet. Elle ne lui filerait plus entre les doigts.

À son bureau, il rédigea une note rapide pour Gérard, lui indiquant qu'il aimerait se procurer un tableau d'Antoine Berjon.

Demander que la servante de Berjon apporte ce soir une sélection de tableaux pour que je les regarde.

Il posa sa plume dans l'encrier et s'adossa dans sa chaise, les yeux perdus dans les flammes du foyer. Jamais de toute sa longue existence il n'avait eu envie de la lumière du jour, mais l'idée de voir le soleil briller dans la chevelure blonde de Marguerite…

Kane frotta la cicatrice qu'il avait sur le cœur pour effacer l'étrange battement qui le troublait. Avec un grognement de frustration, il s'approcha de la fenêtre, posa l'avant-bras sur le rebord et regarda fixement dans la nuit.

Elle était quelque part là-bas en ce moment. Il ferma les yeux, autorisant les pensées des mortels à proximité à s'infiltrer dans son esprit – les préoccupations habituelles concernant l'argent et les menaces de famine. Il prit une profonde inspiration, ouvrit davantage sa conscience, en quête de sa beauté dorée.

Sa beauté.

• • •

La nuit suivante, le soleil se coucha derrière l'horizon, et dans l'obscurité sous sa maison, le cœur de Kane se mit de nouveau à battre. Sa poitrine se souleva dans une inspiration, et il ouvrit les yeux sur une pensée particulière.

Il devait la voir.

Quittant précipitamment les bas-fonds, il entra dans sa chambre à coucher. Il mit ses pantalons et sa chemise en ouvrant la porte. Les boutons pouvaient bien attendre.

— Gérard, ma tâche est-elle accomplie ?

Il eut sa réponse dès qu'il entra dans le salon. Elle se tenait à la fenêtre, se retournant comme il entrait. Gérard vint vers lui et bredouilla immédiatement en voyant sa chemise déboutonnée. Kane le renvoya du revers de la main.

— Merci, Gérard. Ce sera tout.

— Mais, monsieur, votre tenue…

Kane quitta Marguerite des yeux pour centrer son attention sur son majordome, grinçant des dents pour éviter de bousculer l'homme.

— Ce sera tout.

Gérard les salua poliment, avant de pousser un soupir de résignation. Tandis qu'il était sensible à l'intention de son employé qu'il fasse de lui un véritable gentilhomme, ses efforts étaient vains. Kane n'avait aucune intention de se conformer à la société française, et aucun désir d'être un gentilhomme.

Une fois qu'ils furent seuls, il se dirigea vers elle en fronçant les sourcils. Elle semblait trop pâle. Son pouls battait, le tentant, mais il était plus faible qu'il n'aurait dû l'être.

Ce soir, une imposante croix gothique pendait au large collier qui lui serrait la gorge, et un voile de dentelle lui couvrait le visage. Au lieu de la flamboyante robe à corset qui la drapait la veille, elle portait ce soir une simple robe noire, qui accentuait la pâleur de sa peau.

Elle tourna rapidement son attention vers la fenêtre.

— Les tableaux demandés sont sur la table, monsieur.

Kane fronça les sourcils, lui prenant doucement le coude.

— Êtes-vous souffrante, Rita ?

— Je crains de vous avoir donné la mauvaise impression hier soir, dit-elle, le regard brillant alors qu'elle le regardait à travers la dentelle foncée.

Doucement, Kane leva le voile, trouvant une ecchymose foncée sur sa joue et sa lèvre inférieure enflée. La rage gronda en lui. Il prit de nombreuses inspirations pour se calmer, mais le jaguar en lui exigeait d'être libéré pour aller réduire en lambeaux la personne qui l'avait blessée.

— Qui vous a fait cela ?

Elle secoua la tête et fit un pas en arrière.

— Cela ne vous regarde pas.

Il pouvait entendre battre son cœur rapidement, mais faiblement.

— Vous êtes effrayée.

— Si vous désirez vous procurer un tableau, veuillez les regarder. Autrement, je m'en irai, dit-elle, les poings serrés de chaque côté d'elle.

Kane se plaça devant elle, lui bloquant le chemin. Les émotions lui montèrent au visage et elle tressaillit.

La crainte de Marguerite éteignit sa rage et le laissa complètement déstabilisé. Kane se dirigea vers les œuvres d'art, ignorant quoi dire ou quoi faire.

Son regard se porta sur une nature morte. La composition parut d'abord typique. Un vase de fleurs, quelques coquillages…

Et une tête de requin en décomposition.

Il se retourna et prit le tableau dans ses mains.

— Voilà qui est… unique.

Le voile en dentelle lui couvrait de nouveau le visage.

– Comme je vous l'ai dit, mon maître est souffrant. Il a intitulé ce tableau *Nature morte avec fleurs, coquillages, tête de requin et pétrifications.*

Kane regarda fixement la tête de requin en putréfaction, se demandant ce qui pouvait bien pousser un artiste bien connu pour ses natures mortes de roses à souiller leur pure beauté avec la dépouille d'un prédateur.

Il posa le tableau.

– C'est lui qui vous a fait cela.

– Je suis désolée que les tableaux ne soient pas à votre goût, dit-elle en passant devant lui sans le toucher. Je vais ramasser mes affaires et partir.

Kane lui laissa de la place, la regardant glisser les canevas dans un grand sac en velours.

– Pardonnez-moi si j'ai dit quelque chose qui vous a offusquée.

Elle s'arrêta un moment et soupira.

– Je n'aurais jamais dû venir ici hier soir, dit-elle en le regardant.

Kane aperçut un éclair de rébellion à travers le voile, la voleuse qui sautait aux yeux dans son regard.

– Je ne suis pas une demoiselle en détresse et je n'ai pas besoin d'être secourue.

– L'ecchymose m'indique le contraire.

Un peu de rouge lui monta aux joues.

– Je suis toujours en vie. D'autres n'ont pas eu cette chance.

Le corps de Kane se tendit.

– Et si je vous proposais de le tuer pour vous ?

Elle le surprit en éclatant de rire.

– Si c'était seulement possible…

– Est-il si bien gardé ?

Elle posa le sac de canevas sur la table et soutint son regard.

– Dites-moi pourquoi je devais vous rendre visite le soir, monsieur.

– C'était le temps dont je disposais, dit-il en fronçant les sourcils.

– Oubliez un instant que je sois une femme prétendument faible d'esprit, dit-elle.

Le rythme du cœur de Marguerite s'accéléra.

– Imaginez plutôt que je sois véritablement la voleuse d'or. N'aurais-je pas dû me renseigner sur le mode de vie d'un homme aisé de la ville ? En fait, si j'étais la voleuse d'or, je pourrais même offrir des bijoux à certains de ses employés en échange de renseignements.

Le cœur de Kane s'emballa. Qu'avait découvert, au juste, cette rusée voleuse à son sujet ? Aucun de ses employés ne connaissait sa véritable identité, même si certains d'entre eux le considéraient peut-être comme un démon. Après tout, on ne l'avait jamais vu durant la journée.

Il s'éclaircit la voix.

– Pourquoi la voleuse d'or s'intéresserait-elle à mon mode de vie ?

– N'est-elle pas également une personne ? Peut-être est-elle forcée de voler…, dit-elle avant de faire une pause et de secouer doucement la tête. Cela ne concerne pas une pauvre voleuse, monsieur. Je me demande pourquoi vous m'avez convoquée ici ce soir.

– Avez-vous oublié mon nom ?

Elle le surprit en faisant un pas vers lui.

— Je n'appelle par leur prénom que ceux en qui j'ai confiance.

— Qu'ai-je fait au juste pour perdre cette confiance ? demanda-t-il pour mettre en doute le sous-entendu.

Elle soupira et fit non de la tête, tendant la main pour prendre son sac en velours.

— Vous êtes une charmante perte de temps, dit-elle en le contournant. Au revoir.

— Rita, attendez, dit-il.

Elle s'arrêta, sans se retourner.

— Je veux vous aider.

• • •

Marguerite s'immobilisa dans l'embrasure de la porte et ferma les yeux. Après avoir reçu la requête de sa présence ce matin de la part de Gérard, elle s'était informée.

Et les renseignements avaient confirmé ses pires doutes.

Kane Bordeaux cachait quelque chose, probablement quelque chose d'horrible. Elle s'en était doutée lorsqu'elle avait touché sa peau froide, s'était coupé la langue sur une de ses dents dans un baiser passionné et avait vu son maître réagir violemment en humant son odeur sur sa peau. Elle craignait que ses soupçons ne se révèlent vrais. Après avoir découvert qu'aucun de ses employés ne l'avait jamais vu de jour, ses craintes étaient devenues réelles.

Elle se retourna lentement. Pourquoi était-il si divinement beau sous le clair de lune ? Sa crinière blonde en désordre encadrait son visage taillé et hâlé, et il ne pouvait s'empêcher de dévorer des yeux sa poitrine dénudée. Il était rare de voir un gentilhomme français étaler si effrontément sa peau, mais Kane n'avait aucunement honte de son corps. On aurait dit qu'il venait tout juste de coucher avec une femme, et malgré la crainte de Marguerite, la chaleur lui monta aux joues.

Son regard se posa sur une importante cicatrice qu'il avait au côté gauche de la poitrine, juste au-dessus du cœur. Quelqu'un avait-il tenté de mettre fin à son existence comme elle rêvait de mettre fin à celle de son maître ?

Il fit un pas vers elle, la tirant de ses pensées.

— Je peux vous aider.

— Je ne crois pas que cela soit possible.

Elle se dirigea vers la porte, son air sévère masquait le fait qu'elle avait une boule dans la gorge.

— Vous ne pouvez même pas me confier la vérité.

Un éclair passa dans le regard bleu de Kane, mais plutôt que de l'attaquer, un sourire invitant se dessina sur ses lèvres.

— Vous m'intriguez, chère voleuse d'or. Accordez-moi cette nuit pour vous faire mes preuves. Vous avez ma parole, si je n'y parviens pas, je ne vous poursuivrai plus jamais.

Elle leva les yeux au ciel.

— Je n'ai jamais avoué être la voleuse d'or.

— Pas si directement, dit Kane en lui tendant la main. J'aimerais vous montrer quelque chose.

Certes, s'il avait eu l'intention de la tuer, ce serait déjà chose faite. Elle lui avait donné de nombreuses occasions. Au mépris du bon sens, elle laissa ses choses dans la bibliothèque et suivit Kane à l'étable.

Six chevaux arabes gris l'accueillirent, hennissant et piaffant contre leurs portes.

— Mes amis, je vous présente Marguerite Rousseau, dit-il en s'approchant du frison noir qui avait retourné la tête au bout de l'allée.

Kane replaça le toupet de la bête avant de caresser son cou gracieux.

— Et voici Kukulkan.

Marguerite s'approcha de l'étalon imposant, qui semblait sourire lorsqu'elle caressa sa lèvre supérieure en tendant la main.

— Quel nom intéressant !

— Il a été nommé en l'honneur d'un dieu maya.

— Maya ? demanda-t-elle en caressant le cou de l'étalon.

— Oui. Connaissez-vous ce peuple ?

Il était si près derrière elle qu'un simple pas en arrière lui aurait permis de s'adosser contre sa poitrine dénudée. Marguerite résista à la tentation, se concentrant sur la bête superbe qui se trouvait devant elle.

— C'est un peuple indigène du Nouveau Monde, non ?

— C'est mon peuple.

Marguerite se retourna et se retrouva si près de lui que son cœur s'emballa et sa peau picota de chaleur.

— Mais, ils sont disparus…

Les doigts froids de Kane lui caressèrent la joue, et elle perdit le fil de sa pensée. Il leva son voile et son regard se porta sur sa lèvre fendue. Son pouce caressa légèrement sa bouche.

Il croisa le regard de Marguerite.

— Ils ne sont pas disparus.

Kane se pencha pour l'embrasser avec une tendresse suffisante pour faire fondre le cœur de Marguerite. Aucun homme ne l'avait jamais embrassé avec tant de soin. Les lèvres de Marguerite picotèrent d'affection, et progressivement, il réussit à lui faire ouvrir la bouche pour la goûter. Elle gémit et se permit d'explorer de ses mains la poitrine de Kane taillée au couteau.

Lorsque Kane rompit le baiser, elle eut une faiblesse dans les genoux. Il tendit la main et caressa sa lèvre inférieure, et elle se rendit compte qu'elle n'avait plus aucune douleur. Aucune enflure.

Marguerite poussa une exclamation de surprise en portant la main à sa bouche guérie. Son regard croisa celui de Kane, mais avant qu'elle ne puisse s'enquérir de quoi que ce soit, il posa un baiser sur son front.

— Montez-vous ?

Déroutée par la question, elle fit un pas en arrière, en baissant les yeux sur sa tenue loin d'être appropriée pour une promenade à cheval.

— Je ne suis pas préparée à cela.

— Est-ce que cela signifie que *vous* montez ?

— Oui, dit Marguerite en levant le menton pour tenter de ne pas sourire. Mon père m'a appris. Je suis plutôt habile en selle.

L'idée de son père provoqua un pincement de son cœur. Il lui avait appris à monter à cheval avant la mort de sa mère. Avant que le vin et la bière ne deviennent ses maîtresses.

— Votre père possédait des chevaux ? demanda-t-il en entrant dans la pièce sombre adjacente aux stalles.

Elle se raidit, prête à défendre la piètre situation de sa famille.

— Mon père était responsable de l'étable d'un marquis.

Kane n'eut toutefois aucune trace de jugement dans le regard. Elle n'avait de sa vie jamais rencontré un Français nanti si étonnant.

— Il n'y avait pas de chevaux dans mon pays d'origine. Je n'ai pas monté à cheval avant mon arrivée en France. Vous pouvez porter ceci, dit-il en lui tendant des pantalons.

Elle jeta un regard aux pantalons d'équitation.

— Et que porterai-je comme blouse?

— Vous portez bien quelque chose en dessous, non? Une sorte de sous-vêtement? dit-il en désignant sa robe.

Elle hocha la tête.

— Oui, mais…

— Alors ça ira. De combien d'épaisseurs de tissu avez-vous besoin pour vous camoufler?

Le regard de Marguerite erra sur la poitrine dénudée de Kane.

— Allez-vous boutonner votre chemise?

— Est-ce que cela vous ennuie si je ne le fais pas?

Elle aurait été gênée de répondre la vérité.

— Vous n'aimez pas les vêtements.

— Les humains sont les seules créatures de ce monde qui cherchent à se couvrir comme si la vue de leur véritable nature était offensante.

Il la détailla du regard. Le timbre bas de sa voix excitait les sens de Marguerite, et elle avait envie de son attention.

— Mais j'imagine que les vêtements donnent envie de voir quels trésors se cachent dessous.

Elle s'humecta les lèvres, tenant étroitement les pantalons d'équitation, tentant de se souvenir qu'elle avait toutes les raisons de croire que Kane dissimulait un monstre en lui qui n'était pas si différent de celui de son maître.

— Je devrais les enfiler.

Le regard intense de Kane la suivit dans la salle où se trouvaient les selles. Quand elle tira la robe par-dessus sa tête, elle put entendre Kane préparer deux chevaux. L'air frais de la nuit refroidit ses mamelons, qui pointèrent à travers le mince tissu de sa chemise.

Lorsqu'elle eut lacé les pantalons, elle détailla sa chemise blanche toute simple. Elle était trop grande. Relevant le bord, elle l'attacha à sa taille du mieux qu'elle le put.

Cela devait faire l'affaire. Au moins, maintenant, elle pouvait se servir de ses jambes.

Elle sortit de la salle et Kane se redressa. Le désir, qu'il affichait clairement, fit battre le cœur de Marguerite, et elle savoura sa façon de la regarder.

Il s'appuya contre le cheval.

— Les pantalons vous vont à ravir.

Marguerite éclata de rire en secouant la tête.

— Je n'ai jamais eu moins l'air d'une femme, monsieur.

Il redevint sérieux.

— J'espère que vous m'appellerez bientôt par mon prénom.

Elle avala de travers, se souvenant de la plaie qu'elle dissimulait sous son collier.

— Je ne suis pas idiote. Le danger a de nombreux visages.

Un muscle de la joue de Kane tressaillit.

— Vous n'êtes pas, et ne serez jamais, en danger près de moi.

— Pour mon propre bien, j'espère que vous dites la vérité.

Chapitre 4

Kane tint étroitement les rênes de Kukulkan.

– Tout doux.

Il apaisa l'énergique étalon par-delà les collines vallonnées en périphérie de Paris. C'était l'endroit où il laissait généralement son cheval courir librement, dans le but d'étirer son allure jusqu'à ce que le vent lui fouette le visage.

Kane jeta un regard par-dessus son épaule, souriant tandis que la joie irradiait les traits de Rita. Au clair de lune, à califourchon sur sa jument Candide, les boucles d'or de Rita volaient au vent. Elle semblait complètement libre.

Il se tourna de nouveau vers l'avant, menant son cheval à travers un massif d'arbres, et le fit s'arrêter au pied d'une colline. Kukulkan donna un coup de tête, les sabots dansant en attendant Rita. Elle fit arrêter Candide à côté de lui, ce qui calma un moment l'étalon de Kane.

– C'est magnifique ici.

Kane n'avait jamais amené quelqu'un d'autre près de ce lac. Le reflet de la lune scintillait à la surface de l'eau, et le jaguar en lui trépignait, assoiffé de liberté. Combien de temps pourrait-il refouler la bête en lui ?

Kane passa la jambe sur le dos de la selle et sauta à côté de son cheval. Il mena Kukulkan vers un arbre à proximité et l'attacha sans serrer. Il sortit une miche de pain frais, du fromage et une bouteille de vin rouge de son sac de selle. Que Rita veuille bien l'admettre ou non, elle avait besoin de se nourrir.

Lorsqu'elle fut descendue de cheval et que sa jument fut attachée, Kane la prit par la main et la mena au bord de l'eau.

– Vous avez faim ?

Rita prit le pain des mains de Kane sans dire un mot. Il ouvrit la bouteille de vin, l'observant mordre dans le pain. Rita prit le verre de vin et avala une gorgée.

– Mangerez-vous avec moi, monsieur ?

Il soupira et s'assit à côté d'elle, en regardant fixement l'eau.

– Nous poursuivons cette danse et vous exigez l'honnêteté, mais serez-vous également honnête en retour ?

– Ce n'est pas moi qui ai des secrets, dit-elle en savourant lentement le vin.

– Pourquoi volez-vous ?

Rita se tourna vers lui, et pendant un instant, il crut qu'elle nierait de nouveau son crime, mais elle le surprit de nouveau.

Plutôt que de répondre, elle tendit la main à son cou et retira son collier, exposant les blessures cruelles qu'elle avait au cou. De vilaines croûtes dissimulaient les marques de perforation, et la peau tendre de son cou était enflée et meurtrie.

Le jaguar rugit en lui. Le regard de Kane s'échauffa, et il sut que ses yeux allaient briller d'une lueur cramoisie. S'efforçant de contenir sa rage, il porta son attention vers le lac.

— Votre maître est un vampire.

— Je vole pour pouvoir traverser l'océan en toute sécurité, dit-elle en triturant son collier. Tant qu'il se sustente de mon sang, il peut me retrouver n'importe où et me forcer à revenir près de lui. Toutefois, même son pouvoir ne pourra m'atteindre de l'autre côté de l'océan.

Kane prit une lente inspiration, contraignant la bête en lui avant de lever de nouveau les yeux sur elle. Il lui prit la main, l'empêchant de replacer son collier, et attirant son attention.

— Vous n'avez pas besoin de me dissimuler quoi que ce soit.

Il la regarda fixement, enregistrant chaque courbe de son visage. Cette femme, une mortelle, connaissait l'existence des immortels. Elle le dévisagea, soupçonnant qu'il n'était pas humain.

Cet instant avec elle, sous la pâle lueur de la lune, était plus honnête que tout ce qu'il avait connu depuis qu'il avait quitté ses frères et son univers.

Il hésita, ne souhaitant pas briser l'enchantement.

Alors qu'elle l'observait, il porta sa main à sa bouche, coupant son index sur un croc. Elle tressaillit, mais ne détourna pas le regard. Alors que le sang de Kane perlait au bout de son doigt, il le tendit vers elle.

— Permets-moi de te guérir.

Elle s'éloigna de lui, secouant la tête.

— Mon sang a guéri ta lèvre. Je peux faire de même pour ta gorge.

Les doigts de Rita tremblaient pendant qu'il touchait sa lèvre inférieure. Il put voir l'hésitation se dessiner sur ses traits, mais elle leva lentement les yeux pour croiser son regard. Sans prononcer une parole, elle pencha la tête.

Tendrement, il pressa son doigt sur les marques de perforation.

— Cela chatouille, murmura-t-elle.

Il pouvait entendre le cœur de Rita s'emballer. Son estomac se noua sachant qu'elle le craignait.

— Je ne suis pas un vampire, Rita.

Il s'attendait à ce qu'elle en soit soulagée. Elle s'éloigna plutôt de lui avec colère.

— Vous me mentez encore. Je connais votre secret, et vous continuez de me considérer comme une imbécile.

Elle roula sur les genoux, mais il lui prit le bras avant qu'elle ne puisse se lever.

— Je ne vous considérerais jamais comme une imbécile. Vous m'avez confié votre réalité. Donnez-moi l'occasion de vous révéler la mienne.

— C'est inutile, dit-elle en s'assoyant les bras croisés. Je ne quitterai pas un maître vivant pour un autre. Plutôt mourir.

Kane poussa un soupir d'exaspération, dégoûté qu'elle le considère comme un non-mort, un vampire. Il prit la main de Rita et la posa contre sa poitrine dénudée, sur sa cicatrice.

— Dites-moi ce que vous ressentez.

Elle écarquilla légèrement les yeux.

— Votre cœur. Il bat.

— Oui. Je vis chaque nuit lorsque le soleil disparaît, dit-il en libérant la main de Rita, encouragé qu'elle ne la retire pas. Un vampire s'accroche à l'humanité pour paraître vivant.

— Buvez-vous du sang ?

Kane hocha la tête, étonné de se sentir si libéré d'avoir avoué un secret si longtemps gardé.

— Je suis un marcheur nocturne, Rita. Nous nous sustentons de sang pour vivre, mais contrairement aux vampires, nous avons notre raison d'être. Je me nourris du sang d'humains qui s'en prennent aux autres. Vous pouvez vous renseigner auprès de mon personnel. Je n'ai mordu ni blessé aucun d'entre eux.

— Comment pouvez-vous être certain de la culpabilité d'un humain ?

Une nouvelle question. Peut-être allait-elle le croire. Finalement.

— Je peux entendre les pensées des mortels qui m'entourent.

Elle se raidit, préoccupée.

Kane secoua la tête.

— Je n'ai jamais infiltré votre esprit. Si je l'avais fait, j'aurais su que vous viviez avec un vampire et je me serais occupé de cela plus… gracieusement.

Les lèvres de Rita firent un petit mouvement saccadé, presque un sourire.

— Restez avec moi.

Kane ferma subitement la bouche, étonné d'entendre les mots qui venaient de s'échapper. Entraîner cette femme dans son univers était dangereux, mais la retourner chez le vampire était inconcevable. Il protégeait les mortels. En la gardant sous son toit, il serait en mesure de garantir sa sécurité tandis qu'il traquerait son « maître ». Il ferait de même pour tout mortel.

Rita blêmit.

— Je ne peux pas. Rien n'arrêterait Antoine de venir me chercher. Il me tuerait.

Il lui prit la main, ses doigts s'entremêlant à ceux de Rita.

— Il devra d'abord me tuer, et je vous promets que ce serait impossible.

• • •

Marguerite le dévisagea. Pouvait-elle vraiment faire confiance à cet homme, ce marcheur nocturne ? Quitterait-elle une prison pour une autre ?

— Si j'accepte de rester, serai-je libre de partir quand bon me semble ?

Il leva sa main pour déposer un baiser sur ses jointures, son regard fixé sur celui de Rita.

— Jamais je ne vous retiendrais prisonnière, Rita.

Elle attendit qu'il détourne le regard, ou tout signe de mensonge de sa part, mais rien ne trahissait ses paroles. Elle avait envie d'y croire.

Il l'attira à lui, et elle se pressa contre sa poitrine, ses lèvres se posant sur celles de Kane avec urgence. Il la posa sur le sol, et elle glissa ses doigts dans les cheveux de Kane, gémissant alors que les grandes mains de Kane glissaient dans son dos, soulignant chaque courbe de son corps. Lorsqu'il se retira, elle s'efforça de reprendre son souffle. L'excitation de Kane était évidente, sa verge bandée pressée contre elle, mais il ne chercha pas à lui arracher ses vêtements.

Elle leva les yeux vers lui, savourant le poids de son corps sur le sien dans cette étreinte.

— As-tu envie de mon sang ?

Il lui retourna le poignet pour en embrasser l'intérieur.

— Désires-tu la vérité ?

Une chaleur lui retourna les entrailles, avant de descendre plus bas.

— Oui.

— J'ai envie de te goûter, mais pas par soif.

— Pourquoi alors ? demanda-t-elle alors que son corps se tortillait sous lui, quêtant des caresses.

Kane releva le coin de ses lèvres, dessinant un sourire séduisant et à couper le souffle.

— Parce que me sustenter à toi me rapprocherait de toi. Encore davantage que de prendre ton corps. Je partagerais ton âme, ton esprit…, dit-il en glissant un doigt froid le long de sa gorge, la faisant frissonner. Ils circulent dans ton sang, murmura-t-il en se penchant pour l'embrasser de nouveau. Mais je ne me sustenterai jamais de toi sans que tu ne me le demandes.

— As-tu déjà été mordu ?

— Non, dit-il, d'un ton revêche et le souffle court.

Elle s'éloigna, les yeux rivés aux siens.

— Cela fait mal, Kane. Il n'y a aucun plaisir à cela.

— Je ne suis pas un vampire, dit-il en caressant sa tempe du pouce, repoussant ses cheveux en se redressant sur un coude. Je sais comment nous lier sans douleur… que pour le plaisir.

Il l'embrassa de nouveau, intensément, et elle s'efforça de garder l'esprit net tandis que son corps s'enflammait de désir. Bien que Kane avait admis se sustenter de sang et éviter les rayons du soleil, rien dans sa façon de la caresser, de la regarder ou de lui parler ne lui rappelait son maître.

Autant son esprit voulait la protéger, autant son cœur refusait de considérer le danger.

Après tout, il pourrait aisément la tuer…

Il glissa la main le long du corps de Rita, jusqu'à l'enlacer étroitement. Elle pouvait le sentir se presser contre elle, et toute rationalité lui échappa.

Elle explora le dos de Kane, glissant les doigts le long de sa colonne vertébrale et dans ses cheveux. Il posa de petits baisers sur son menton et dans son cou. Elle fut parcourue d'un éclair d'adrénaline, et son cœur s'emballa. Il lui avait donné sa parole qu'il ne se sustenterait pas à elle à moins qu'elle ne le demande.

L'anxiété de Rita se transforma en plaisir alors que les lèvres de Kane lui caressaient le bas de son cou et les clavicules. Ses baisers s'aventurèrent plus bas, repoussant sa chemise. Marguerite roula sur lui, heureuse qu'il ne refuse pas qu'elle prenne les choses en main.

Elle s'assit, le chevauchant avec un grand sourire. Il la faisait se sentir digne et sensuelle, sur un pied d'égalité plutôt que quelqu'un du sexe inférieur. Il posa ses fortes mains sur les hanches de Rita, les glissant le long de ses côtes jusqu'à toucher le dessous de ses seins. Le désir la parcourut. Elle caressa du doigt ses avant-bras musclés, et il posa ses mains sur celles de Rita. Les guidant vers sa poitrine, elle ferma les yeux, grognant lorsqu'il excita ses mamelons à travers le mince tissu de sa chemise.

Les hanches de Rita frottèrent contre celles de Kane, et elle se dit qu'elle n'aurait jamais dû accepter de porter les pantalons d'équitation, maudissant le tissu entre leurs corps. Elle n'avait jamais tant désiré un homme auparavant.

Étouffée par la passion, elle ouvrit les yeux pour se rendre compte qu'il la dévisageait.

— Tu es si belle, Rita.

Elle porta la main de Kane à sa bouche et murmura, en s'humectant les lèvres :

— Je ne suis habituellement pas si directe avec les hommes. Tes caresses m'enjôlent. Je ne suis pas une courtisane, mais je ne suis pas non plus vierge.

— J'ai une confession, le surprit-elle d'une voix basse et ricaneuse. Je ne suis pas non plus vierge.

Il s'assit et l'attira à lui, écrasant sa poitrine contre la sienne. Il l'embrassa comme s'il mourait de goûter sa bouche. Elle enroula ses jambes autour de la taille de Kane.

Il grogna contre ses lèvres.

— Pourquoi t'ai-je prêté ces pantalons ?

Marguerite rit, mais elle avait le cœur gros. Monstre ou non, elle ne pouvait l'entraîner dans le désordre qu'était sa vie.

— Nous devrions rentrer.

Kane leva les yeux au ciel et soupira.

— Tu as raison. Le soleil se lève bientôt, dit-il en soutenant son regard. Je ne suis pas prêt que cette nuit se termine.

Sans crier gare, il se leva, l'entraînant avec lui. Il la porta vers son cheval et la mit en selle.

Elle attrapa les rênes, et un cri aigu résonna dans son esprit avec une telle intensité qu'elle perdit l'équilibre.

« J'ai faim… », insista Antoine, dont la commande gagna en intensité et en volume.

Impossible d'y échapper.

Marguerite poussa une exclamation de surprise et glissa de son cheval.

Kane l'attrapa.

— Qu'est-ce qui se passe ?

Elle ouvrit la bouche, mais fut incapable de trouver les mots avec le beuglement d'Antoine dans son esprit. Son cœur battit la chamade au point qu'elle crut qu'il exploserait. Elle porta les mains à ses tempes et ses oreilles.

Kane la tint étroitement et monta en selle. Il attacha Candide à l'arrière de sa selle et intima Kukulkan de partir au galop. Marguerite le huma, se réconfortant de son odeur. Soudainement, il y eut une autre voix dans sa tête. Celle de Kane.

« Combats-le. Protège ton esprit. Un poème, une chanson, n'importe quoi. Répète-le sans cesse jusqu'à ce qu'il ne puisse plus t'atteindre. »

Elle entendit la voix de Kane, mais il n'avait rien dit. Elle tenta de repousser la douleur et la panique pour se détendre, pour trouver quelque chose…, puis cela lui vint. Faiblement, le Notre Père s'éleva dans son esprit. Chaque répétition gagna en intensité, et progressivement, elle se rendit compte que le volume des menaces d'Antoine faiblissait.

Elle poussa une exclamation de surprise.

— Cela fonctionne !

Kane posa un baiser sur le sommet de sa tête, sa voix grondant légèrement lorsqu'elle posa la tête contre sa poitrine.

— Tant mieux. Tu es forte. Garde le vampire à distance.

Les paroles de Kane lui donnèrent confiance. Elle répéta la prière de plus en plus rapidement et avec plus de vigueur, jusqu'à ce que la douleur s'évanouisse. Une vague de soulagement la submergea. Elle retrouva la sécurité de son esprit et remercia Kane du conseil. Son cœur se gonfla de reconnaissance envers l'homme qui la tenait dans ses bras.

Toutefois, ces émotions n'avaient aucune possibilité d'avenir. Elle partirait sous peu pour le Nouveau Monde, mais de toute évidence son cœur ne s'en préoccupait pas.

— Il est parti, murmura-t-elle.

Kane guida les chevaux vers la barrière arrière qui menait à l'écurie. Lorsqu'il baissa les yeux sur elle, elle poussa une exclamation de surprise. En bordure de ses iris, un anneau foncé rougeoyait. Il descendit de cheval, la libérant une fois ses pieds fermement sur terre. Marguerite tituba en reculant.

— Ma rage vise ton maître. Je ne te veux aucun mal.

Il sortit son mouchoir et lui taponna le nez. Lorsqu'il plia le carré de tissu, une tache rouge vif la fit tressaillir. Elle leva la main pour s'essuyer le nez. Ses doigts étaient tachés de sang.

— Il n'arrêtait pas de crier. Je croyais devenir folle.

Kane la mena vers un banc près de la stalle de Kukulkan.

— C'est un lâche. Demain soir, je m'en occuperai.

Il l'observa un instant avant de retourner vers les chevaux. Kane porta une selle sous chaque bras, comme si de rien n'était. Marguerite le vit disparaître dans la sellerie alors qu'elle se concentrait pour maintenir la prière dans son esprit. Progressivement, elle tenta de se concentrer sur autre chose tout en continuant de la répéter.

Est-ce que Kane venait de lui dire qu'il allait s'en prendre à Antoine ?

Marguerite se leva lorsqu'il sortit de la sellerie.

– Tu ne peux pas le confronter. Je ne veux pas que tu sois blessé par ma faute.

Kane esquissa un sourire confiant.

– Tu as raison. Je ne serai pas blessé.

– Alors, tu me laisseras m'en charger.

– Ce n'est pas ce que j'ai dit, dit-il en fronçant les sourcils, confus.

– Alors peut-être devrais-tu finir de me dire quel genre de monstre tu es, parce qu'Antoine est un vampire puissant. À moins que tu ne sois plus puissant que lui, non seulement te blessera-t-il, mais tu périras d'une mort lente.

Elle posa les mains sur ses hanches, en espérant avoir l'air plus déterminée qu'elle ne se sentait.

– Il ne m'a pas encore tuée. Je ne crois pas qu'il le fera maintenant. Cependant, je suis persuadée qu'il prendrait plaisir à te voir périr.

Kane guida les chevaux dans leurs stalles sans même jeter un regard en sa direction. Lorsqu'il revint, son visage était un masque d'indifférence.

– J'en ai assez que tu me traites de monstre.

– Mais tu n'es pas plus un homme, dit-elle en levant les yeux vers lui. Aide-moi à comprendre.

– Viens.

Il la prit par la main et sans l'étiquette typique d'un gentilhomme français, il la guida vers la porte arrière de sa maison.

Elle rompit le silence lorsqu'il tendit la main vers la poignée de la porte.

— J'ai encore des questions.

Il hocha la tête et leva les yeux au ciel.

— J'espère que tu seras encore ici demain soir pour que je puisse y répondre.

— Suis-je libre de partir si c'est ce que je désire ? demanda-t-elle en faisant un geste vers la ville. Et si je dévoilais ton secret au cours de la journée tandis que tu dors ?

— Tu n'es pas ma prisonnière, dit-il sans l'ombre d'une émotion, sans trace de la passion qu'ils avaient partagée. Je t'ai confié mon secret parce que j'ai confiance que tu ne me trahiras pas.

— Gérard sait-il que tu n'es pas humain ?

Kane haussa les épaules, et elle lutta contre l'envie de le suivre. Il était évident que ses questions le dérangeaient. Même si elle désirait vraiment lui faire confiance, elle avait besoin de comprendre. Antoine la punirait, la tuerait si elle ne rentrait pas. Et c'était suffisant pour questionner Kane.

Toutefois, cela ne changeait rien au fait qu'elle avait de nouveau envie de sentir les bras de Kane autour d'elle.

— Il s'en doute peut-être, mais il est trop gentilhomme pour me poser des difficultés, dit-il en la dévisageant finalement. Tu es le seul être mortel en France à connaître ma véritable identité.

— Pourquoi ?

Pourquoi lui faisait-il confiance à elle, alors qu'il savait qu'elle lui avait volé sa montre ? Elle pouvait partir n'importe quand, ce jour même peut-être, si elle vendait les hochets qu'il collectionnait.

— Pourquoi moi ?

— Parce que je tiens à ce que tu me connaisses. Je tiens à ce que tu…

Il fronça les sourcils un instant avant de secouer la tête et de poursuivre :

— Le soleil se lèvera bientôt. Je laisserai des directives à Gérard pour que tu sois libre de tout faire dans ma maison.

Il lui prit la main et y déposa un baiser.

— À demain.

Elle hésita à le libérer, sachant qu'il s'agissait peut-être de la dernière fois qu'elle sentirait sa peau contre la sienne.

— Au revoir, Kane.

Chapitre 5

Kane traversa son tunnel souterrain tandis que l'air ambiant scintillait d'énergie. Il ne pouvait nier la bête plus longtemps. Fermant les yeux, il accueillit le jaguar doré, libérant son esprit animal. Son corps se métamorphosa dans un mouvement fluide, jusqu'à ce que ses quatre pattes martèlent le sol du couloir éclairé par des torches.

Le félin renifla l'air vicié, mécontent de se sentir pris au piège. Encore une fois.

Progressivement, ses pas se firent de plus en plus rapides, jusqu'à ce qu'il bondisse vers l'extrémité du tunnel, vers ses quartiers de repos souterrains. De l'autre côté de la chambre à coucher, il se cambra sur ses pattes postérieures pour marteler le mur de pierre de ses pattes avant. Ses grognements de frustration retentissaient sur les murs souterrains froids. Il arpenta la pièce, secouant la queue avec agitation.

À l'intérieur, Kane attendit que la colère de la bête se dissipe. Cette vie, cet univers, n'était que frustration pour le jaguar. Il tendait vers la jungle, pour chasser au clair de lune. Les murs de son refuge diurne portaient les marques de nombreux siècles de rage du félin.

Le jaguar haletait, mourant d'envie d'une liberté que Kane ne pouvait lui offrir. Les jaguars n'étaient pas originaires de ce pays, tout comme les chevaux n'étaient pas originaires du sien. Si les humains voyaient un jaguar rôder dans les rues de Paris, ils n'hésiteraient pas à l'attraper pour le tuer.

Kane ferma les yeux, absorbant l'énergie ambiante et se métamorphosant de nouveau en homme. Il se dirigea vers le lit pour s'asseoir. Les coudes sur les genoux, il ouvrit et ferma les poings, observant ses doigts sans âge. Que faisait-il ?

Lorsque Rita lui avait demandé pourquoi il avait choisi de lui dire la vérité, la réponse l'avait étonné lui-même.

Il en avait assez d'être seul au monde. Il désirait qu'elle le connaisse, véritablement.

Mais pourquoi ? Il aurait dû être au-dessus de tout cela.

Il regarda fixement les sillons profonds creusés dans le mur par les griffes du jaguar. Une étincelle d'espoir s'alluma en lui. Peut-être n'était-il pas obligé d'être seul pour l'éternité.

Il pouvait tomber amoureux de cette femme.

Ridicule. Il était un dieu. Un immortel. Un marcheur nocturne.

Les liens mortels n'étaient pas pour lui. L'amour rendait les hommes faibles et renversait les dieux. Certes, il ne pouvait tomber plus bas qu'il ne l'était déjà, à vivre au sein des mortels qui ignoraient son véritable pouvoir.

L'immortalité était un lourd fardeau en soi. À quel point cela pourrait-il être pire s'il pleurait chaque mortel qui passait de ce monde au prochain ? Cette femme n'était pas sa déesse. Elle était fragile et mortelle.

Il devait mettre fin à cette charade.

Toutefois, il ne pouvait pas non plus laisser le vampire se sustenter à elle comme si elle était une simple vache. Cette idée le dégoûtait. Les immortels avaient pour devoir de protéger le monde, et de soutenir les hommes. Pas de les réduire à l'esclavage pour leur propre plaisir. Il chasserait la sangsue pour la tuer – pour rendre justice aux innocents massacrés par sa faute.

Rita serait libre de rester à Paris sans risquer sa vie.

Il retira le reste de ses vêtements et s'allongea sur le lit, attendant que le soleil lui vole son dernier souffle.

Les vampires. Au cours de son séjour à Paris, il en avait croisé quelques-uns. Il les trouvait superstitieux et caractériels. Ils transposaient leurs défauts mortels dans l'immortalité. Bon nombre d'entre eux laissaient la part sombre d'eux-mêmes prendre le dessus, se considérant comme les fils de Satan.

Au moins, pourchasser un vampire représenterait un défi. Il accueillait volontiers l'occasion de combattre un autre immortel.

De plus, cela lui ferait peut-être oublier le sourire de Rita et ses lèvres attirantes. Il grogna son dernier souffle alors que la vie le quittait.

• • •

Marguerite attendit. Dès que la porte de Kane se referma, elle entrouvrit la sienne. Jetant un œil à l'extérieur, elle se figea lorsque Gérard approcha. Avant de se faufiler dans sa chambre, elle remarqua les robes qui étaient drapées sur son bras.

Elle jeta un regard sur son visage allongé. Même si la pâleur de sa peau se fondait à son haut col, ses yeux foncés brillèrent lorsqu'il lui décocha un sourire hésitant.

– Mon maître m'a demandé de vous apporter ceci, dit-il en faisant une légère révérence. Puis-je entrer ?

– Oui, répondit Marguerite en reculant pour lui permettre d'entrer dans la chambre.

Il posa délicatement les robes sur le vaste lit afin qu'elle puisse les examiner.

– Maestro Donizetti a convié monsieur Bordeaux à assister à son nouvel opéra…

– *La fille du régiment* ?

– Vous le connaissez ? dit-il en redressant son gilet.

Elle remarqua qu'il en avait profité pour jeter un regard dans sa direction.

– J'ai entendu bien des gens parler du nouvel opéra français, dit-elle en caressant le velours rouge vin de la bordure d'une des robes, s'imaginant la revêtant dans la toute nouvelle salle Favart. Il veut que je l'y accompagne ?

Elle regarda Gérard par-dessus son épaule et remarqua qu'il haussait un sourcil.

– Mon maître souhaiterait que vous l'accompagniez. Il ne forcerait jamais une dame à faire quoi que ce soit.

Marguerite sentit une pointe de jalousie non désirée lui parcourir l'échine. Avec raideur, elle se retourna face à lui.

– Alors, il invite souvent des dames à l'opéra ?

Gérard s'éclaircit la voix.

– Pas tout à fait.

– Et qu'est-ce que cela signifie… au juste ? demanda-t-elle en se frottant les paumes des mains sur ses pantalons d'équitation.

— Bien, monsieur Bordeaux accompagne souvent les enfants de ses employés à l'opéra.

Marguerite fronça les sourcils, s'efforçant de comprendre ce que Gérard venait de lui dire.

— Vous permettez à vos enfants de l'accompagner ?

Il hocha la tête comme si elle était lente d'esprit.

— Monsieur Bordeaux est un employeur généreux, mademoiselle. Ma famille travaille pour la famille Bordeaux depuis plus de cent ans. Nous sommes bien rémunérés et bien traités.

— Je... hésita-t-elle, se retenant de le questionner davantage.

Il était évident que même si Gérard se doutait peut-être des excentricités journalières de son maître, sa loyauté était absolue. Elle lui tendit la main.

— Je m'appelle Marguerite Rousseau.

Il accepta sa main et pencha la tête.

— Bienvenue dans la maison Bordeaux, Marguerite. Mon maître souhaite votre confort. Faites-nous savoir si vous avez besoin de quoi que ce soit.

— Merci, Gérard.

Il la salua de la tête et quitta discrètement la chambre. Marguerite prit la robe ivoire avec la bordure de velours rouge et se retourna vers le miroir, s'en drapant. Elle n'avait jamais possédé un vêtement si bien fait.

Après avoir porté toutes les robes sur le bureau, la fatigue s'empara d'elle, l'attirant davantage vers le lit de duvet.

Toutefois, elle ne pouvait pas encore dormir.

Rapidement, elle enfila l'une des robes les plus simples qui ne nécessitaient pas de corset. Elle releva ses cheveux, les attachant pour avoir l'air présentable. Le couloir vide l'étonna. Même si Kane lui a bien dit qu'elle était libre de partir quand bon lui semblait.

D'une certaine façon, elle s'attendait tout de même à être trompée.

L'odeur du pain frais flottait autour d'elle, faisant gronder son estomac d'envie. Sa faim devrait attendre. Dehors, elle cligna des yeux, levant la main pour se protéger du soleil agressant. S'efforçant de placer un pied devant l'autre, elle se pressa dans les rues achalandées de Paris, vers la maison d'Antoine.

Sa prison.

Sous le couvert du soleil, il ne pouvait lui faire de mal. Ce fait ne l'empêcha toutefois pas de porter la main à sa gorge en guise de protection. Sans approcher de la résidence principale, elle emprunta le sentier menant à l'écurie pour cueillir son sac de jute caché derrière les selles.

— Marguerite !

Un petit cri aigu lui échappa. Marguerite fit volte-face, et le sourire éclatant de Callia détendit la soudaine montée d'adrénaline.

— Chère cousine, tu m'as effrayée.

— Tu n'es pas rentrée hier soir, dit Callia en la suivant dans la sellerie, baissant la voix. Tu devrais voir la bibliothèque. Il a déchiré des livres reliés en cuir, a détruit ses meubles autrichiens de qualité. On dirait qu'une bête sauvage a tout saccagé.

Callia était de deux ans la cadette de Marguerite, et travaillait à la cuisine. Depuis que leur maître était devenu un être nocturne, il ne lui portait presque aucune attention et Marguerite en était reconnaissante. S'il découvrait que

Callia et elle étaient parentes, il n'hésiterait pas à s'en servir comme arme.

— Je ne reviendrai pas.

Le sourire de Callia s'estompa.

— Où iras-tu ? demanda-t-elle en prenant ses mains dans les siennes. Et qui nouera ton corset ?

Marguerite mit ses trésors volés de côté et prit le visage de sa cousine entre ses mains, la regardant droit dans les yeux. Callia était la seule à connaître les activités de Marguerite au sein de la gent masculine parisienne.

— Reste à la cuisine. Tiens-toi loin d'Antoine. Promets-le-moi.

— Je te le promets, acquiesça-t-elle.

Marguerite tenta de sourire, mais elle avait le cœur de plus en plus lourd.

— Je reviendrai te chercher. Je te donne ma parole. Nous quitterons cet endroit dès que j'aurai suffisamment de pièces d'or, dit-elle en posant un baiser sur son front. Nous vivrons comme des reines de l'autre côté de l'océan, dans le Nouveau Monde.

Callia recula avec un sourire.

— Tu peux être une reine. Je serai une princesse, et je pourrai choisir entre de nombreux princes charmants.

Marguerite rit et noua étroitement les cordons de son sac.

— N'importe quel prince serait heureux de t'avoir, douce Callia, dit-elle en dissimulant le sac à l'intérieur de sa robe, avant de tendre à sa cousine la robe qu'elle portait pour assister aux fêtes. Elle est maintenant à toi.

Callia la serra contre son cœur, mais s'arrêta.

— Et que porteras-tu aux bals chics ?

Marguerite songea aux robes qui l'attendaient chez Kane et sourit.

– Ne t'inquiète pas pour moi. Souviens-toi seulement de ta promesse.

– Je resterai à la cuisine, dit-elle en levant les yeux au ciel. Mais seulement jusqu'à ce que tu reviennes me chercher.

– Très bientôt, Callia, dit-elle en posant un baiser sur chaque joue. Au revoir.

Son cœur battait la chamade en quittant la maison d'Antoine. Une larme coula sur sa joue. D'une manière ou d'une autre, elle en serait libérée. Elle amènerait Callia avec elle de l'autre côté de l'océan vers ce Nouveau Monde où elles pourraient recommencer à neuf.

Elle ne pouvait pas laisser son attirance pour Kane déjouer ses plans.

Chapitre 6

Kane mesura ses pas, s'avançant dans le couloir en direction de la chambre de Rita alors qu'il tripotait les boutons de manchette de sa chemise blanche. L'odeur de Marguerite l'attirait depuis qu'il avait soulevé la pierre du sol de sa chambre. Savoir qu'elle ne s'était pas enfuie loin de lui durant la journée le réjouit.

Et savoir qu'elle n'était qu'à l'autre bout du couloir le tentait jusqu'à ce qu'il n'en puisse plus d'attendre. Il devait la voir.

Elle ne répondit pas aux légers coups frappés à sa porte. Il savait qu'il aurait dû s'éloigner et finir de se préparer pour aller à l'opéra.

Il ouvrit plutôt la porte et pénétra dans la chambre. Sa chevelure dorée cadrait sa tête sur l'oreiller comme des filaments d'or. Sentant sa présence, elle cligna des yeux.

Le cœur de Kane frissonna du désir envahissant de se réveiller chaque soir aux côtés de ce joli visage. Il réussit à garder ses distances et s'éclaircit la voix, enfouissant les émotions curieuses qui bouillonnaient au creux de sa poitrine.

— Je suis heureux de te revoir, Rita.

Le regard de Rita remonta le corps de Kane avant de croiser son regard.

— Boutonnes-tu parfois ta chemise ?

Son sourire endormi fit perdre à Kane le reste de maîtrise qu'il possédait. Bien malgré lui, il approcha du lit.

— Mon manque de bonnes manières t'importune ?

— Je n'ai pas dit cela, dit-elle en se redressant pour s'asseoir. Gérard m'a apporté de superbes robes aujourd'hui.

Kane jeta un regard au bureau derrière elle.

— J'espérais que tu acceptes de m'accompagner à l'opéra ce soir.

Elle commença à opiner de la tête, mais ferma tout à coup les yeux en tressaillant. Son cœur battait la chamade. Kane tendit la main pour prendre la sienne, et elle la saisit fermement.

— Il me cherche. Il pourrait être n'importe où.

Elle prit une profonde inspiration pour ralentir sa respiration avant d'ouvrir les yeux.

— Ne peux-tu pas le garder à distance de ton esprit ?

— Oui, dit-elle, sans relâcher sa main. J'ai oublié de protéger mes pensées. Sa rage et sa haine…

Elle haussa les épaules en regardant leurs mains jointes.

— Je n'aurais jamais dû venir ici.

— Je ne lui permettrai pas de te toucher, Rita, dit-il en lui prenant le menton et en secouant la tête. Tu es en sécurité, ici.

— Ce n'est pas *ma* sécurité qui me préoccupe. Peut-être devrions-nous rester ici, dit-elle en se libérant de son emprise.

— Rita… dit Kane en glissant une mèche de cheveux derrière son oreille, ne le laisse pas te faire de nouveau prisonnière.

Le regard de Rita fouilla celui de Kane pendant un instant, et finalement, sa mâchoire se figea et son esprit fougueux, qui avait tant plu à Kane, refit surface.

— Je dois me préparer, dit-elle en sortant du lit. Peux-tu demander à quelqu'un de venir lacer mon corset ?

— Bien sûr, dit Kane en se levant du lit pour se diriger vers la porte.

Il se retourna, s'adossa au chambranle et dit :

— Gérard t'a préparé à dîner. Je reviendrai sous peu.

Elle hocha la tête avec un sourire enjoué.

— N'oublie pas de boutonner ta chemise, sinon les grandes dames de Paris s'évanouiront sur ton passage.

— Je suis heureux que tu puisses regarder mon corps sans t'évanouir, dit-il en tripotant les satanés boutons au bas de sa chemise.

Rita rit, et ce bruit le réchauffa de l'intérieur.

— Je sais reconnaître un joyau.

Il cessa de se battre avec les boutons et lui accorda toute son attention.

— Moi aussi.

L'envie de la renverser sur le lit et d'explorer les charmantes courbes de son corps frémissait en lui. Malheureusement, sa soif exigeait son attention, et Rita était beaucoup trop attirante pour courir le risque d'être près d'elle.

Il s'efforça de reculer.

— Je reviendrai sous peu.

Kane s'arrêta sur le pas de la porte d'entrée et boutonna sa chemise à moitié avant de sortir. Dehors, les rues de Paris bourdonnaient d'activités. Les lampes à gaz bordaient les ruelles, et le martèlement des sabots tirant des chariots retentissait dans la ville, étouffant les conversations environnantes.

Habituellement, Kane prenait son temps pour chasser. C'était quelque chose qu'il possédait en quantité infinie. Le temps n'avait aucune valeur pour lui.

Toutefois, la veille au soir, tout avait basculé. Il ne voulait pas que la soirée avec Rita se termine, et ce soir-là, il était digne d'une autre soirée en sa compagnie, et il ne voulait pas passer son temps à chasser. Plutôt que de parcourir les rues et de fréquenter les restaurants, il se déplaça rapidement dans l'ombre vers les ruelles les plus sombres de Paris, où le vin bon marché coulait à flots, et où les poings et les poignards décidaient de l'issue des bagarres.

Derrière l'une des auberges, une femme poussa un cri. Presque aussitôt, le bruit fut étouffé, mais il n'eut pas de difficulté à identifier le couple. Il trouva la femme coincée contre un mur. Son assaillant avait une main sur sa bouche, tandis que son autre main fouillait sous sa jupe pour la relever.

— Cesse de te débattre, salope. Je sais comment traiter des femmes de ta trempe, dit-il en lui caressant la cuisse d'une main sale.

Kane se rapprocha, et la femme croisa son regard pardessus l'épaule de son assaillant. Il mit un doigt sur ses lèvres pour lui dire de ne pas faire de bruit tandis qu'il s'approchait.

L'homme glissa sa main de la bouche de la femme pour lui serrer la gorge.

— Maintenant, sois gentille et ce sera rapide.

— Qui te dit qu'une femme aime quand c'est rapide ?

L'homme sursauta et jeta un œil par-dessus son épaule en grognant.

– Cela ne vous regarde pas. Passez votre chemin.

– Lâche-la, dit Kane en s'approchant.

– Je l'ai payée. Va te chercher ta propre putain.

– S'il vous plaît, haleta la femme. Aidez-moi.

Kane attrapa l'homme par l'épaule et le tira, s'efforçant de mesurer sa force. Il serait trop facile de lui fracturer la clavicule.

Il regarda la femme et lui dit :

– Rentre chez toi.

Elle s'essuya les yeux et s'enfuit, ses bottes martelant la rue pavée.

Une fois qu'elle eut disparu au coin de la rue, Kane pressa l'homme contre le mur et sans hésiter lui planta les crocs dans le cou. L'homme se débattit un instant et tenta de crier, mais le son s'étouffa dès que Kane lui écrasa la trachée.

Il se sustenta, tout en étant obligé de visionner les souvenirs et les conquêtes insignifiantes de l'homme. Au moins, cette piètre excuse d'homme ne ferait plus jamais de mal à une femme. Lorsque les battements de cœur disparurent, Kane se coupa le bout du doigt pour guérir les marques de perforation sur le cou de l'homme. Satisfait, il lâcha son repas, laissant le corps choir au sol.

• • •

Marguerite termina ses pommes de terre et son canard rôti, en savourant lentement son vin rouge.

– Le dîner était délicieux, Gérard. Merci.

Il ajusta sa veste et vint nettoyer la table.

– Je ne fais que livrer la nourriture. C'est ma femme qui prépare les repas.

– S'il vous plaît, dites-lui que j'en ai dégusté chaque bouchée, dit-elle en étant sensible au rouge de fierté qui montait aux joues de Gérard. C'est une déesse dans la cuisine.

– Merci, Mademoiselle Rousseau, dit Gérard en la saluant avant de sortir. Je suis en effet un homme heureux.

– C'est bien vrai.

Marguerite poussa une exclamation de surprise en découvrant Kane debout derrière sa chaise.

– Je ne t'ai pas entendu entrer.

– Pardonne-moi, dit-il tout près de son oreille.

Il se redressa et lui tendit la main. Il portait des pantalons noirs, et sa chemise blanche était boutonnée sauf le col. Sa redingote noire ouverte laissait voir une veste rouge foncé taillée sur mesure. Même sans haut col, sans cravate et sans haut-de-forme, Kane se trouvait devant elle plus élégant que tous les gentilshommes qu'elle avait déjà rencontrés.

Elle accepta sa main et se leva. Reculant d'un pas, elle examina sa robe et l'ajusta. La robe ivoire bordée de rouge vin accentuait son teint pâle. Les cheveux relevés, des boucles lui caressaient les épaules nues. Heureuse du résultat, elle releva le menton pour croiser son regard.

– Tu es une véritable vision, chère voleuse d'or, dit-il en prenant sa main pour y déposer un baiser.

– Tu me confonds avec quelqu'un d'autre. Je m'appelle Marguerite Rousseau.

Il laissa doucement redescendre sa main avec un éclair de sensualité dans le regard qui signifiait qu'il savait exactement qui elle était. Le pouls de Marguerite s'emballa.

Elle tendit la main pour prendre son châle et lui prit le bras. Dans son esprit, elle récitait sans cesse sa prière, pour bloquer la voix d'Antoine, tout en s'inquiétant pour Callia et les autres qui étaient toujours prisonniers au service du monstre.

Demain, elle porterait le reste de ses trésors volés au marché pour les vendre. Il faudrait encore quelques jours pour trouver preneur pour tout cela. Elle pria pour que Callia respecte sa parole et reste à la cuisine, loin d'Antoine.

– Tu es bien silencieuse, dit-il.

La voix de Kane la tira de ses pensées. Elle leva les yeux vers lui, surprise de le voir si préoccupé. Il était difficile de se souvenir qu'il... n'était pas comme elle.

– Quelqu'un est-il décédé ce soir alors que Gérard me nourrissait de canard rôti et de pommes de terre ?

L'expression de Kane s'assombrit, sa mâchoire se figea.

– Oui, mais Paris ne s'ennuiera pas de lui.

– Tu parles de tuer comme si c'était naturel. Pourtant, hier soir, tu tentais de me convaincre que tu n'étais pas un monstre comme Antoine.

Il serra la mâchoire, sa canne à pommeau d'or cliquetant sur les pavés sous ses pieds.

– Je me sustente de ceux qui ne méritent pas de vivre, de ces animaux qui s'imaginent qu'ils peuvent faire tout ce qu'ils désirent sans se préoccuper du bien-être d'autrui.

– Alors tu es juge de leur destin ?

Kane soupira et s'arrêta. Elle se retourna pour lever les yeux vers lui et il tendit la main pour prendre sa joue.

– Ce soir, pouvons-nous oublier nos différences ?

Les yeux de Rita cherchèrent un signe de malice, mais elle ne vit qu'honnêteté dans son regard. Il serait facile de lui faire confiance. Elle devait demeurer forte. Callia dépendait d'elle. Cependant, ses lèvres traîtresses murmurèrent :

– Seulement ce soir.

Il s'approcha et elle tendit le cou pour toucher ses lèvres, caressantes, délicieuses, jusqu'à ce que son cœur batte la chamade dans sa poitrine. Il se redressa, les yeux rivés sur ceux de Marguerite. Sa voix était profonde et tendue.

– Nous devrions arrêter avant de rater l'opéra.

Marguerite hocha la tête, même si ses genoux fléchissaient sous elle comme ceux d'un faon. Comment un mort-vivant pouvait-il susciter une telle ferveur en elle ?

Ils franchirent les deux rues suivantes en silence. Elle se demandait à quoi Kane pouvait bien penser, mais elle n'osa pas le demander. Son corps se languissait des caresses de Kane, au point d'en oublier toute responsabilité. La dernière chose dont elle avait besoin était de se retrouver de nouveau dans ses bras. Callia comptait sur elle pour s'évader vers le Nouveau Monde.

Au loin, les grandes colonnes de la salle Favart pointaient, et ses préoccupations firent place à l'enthousiasme. Elle n'était jamais allée à l'opéra. Une foule de Parisiens nantis se bousculait à la porte. Kane lui fit contourner les chariots pour se diriger vers la porte d'entrée.

Un homme se précipita devant eux.

Elle devint livide.

— Antoine.

Immédiatement, Kane se plaça devant elle, bloquant l'accès au vampire.

— Je ne crois pas que nous ayons fait connaissance, dit-il en tendant la main. Je m'appelle Kane Bordeaux.

Antoine lança à cette main un regard furieux.

— Votre nom m'est bien égal.

Marguerite combattit l'envie de s'enfuir. Où pourrait-elle aller ? Il la retrouverait tout de même.

— Assistez-vous à l'opéra de ce soir ? demanda Kane d'une voix calme, tout en baissant sa main.

— Non, je suis venu chercher ce qui m'appartient, dit Antoine en tendant la main vers Marguerite, mais Kane l'attrapa par le poignet et le tordit jusqu'à ce qu'il se casse net.

Antoine grimaça et recula d'un pas, tenant son bras cassé.

— Mademoiselle Rousseau n'est la *propriété* de personne, dit Kane en la prenant par la main pour l'attirer à ses côtés, les yeux rivés sur Antoine. Vous guérirez cette fois-ci. Si vous portez la main sur elle de nouveau, vous n'en aurez plus jamais l'occasion.

Il bouscula Antoine pour passer, et Marguerite le suivit sans jeter un regard en arrière.

Lorsqu'ils atteignirent leurs sièges au premier balcon, il lui prit les mains, la regardant fixement dans les yeux.

— Est-ce que ça va ?

Elle hocha la tête, bien que son estomac ne soit pas très solide.

— Oui, mais je crains ce qu'il fera ensuite. Antoine a mauvais caractère.

— Je suis désolé de ne pas avoir pu mettre fin à sa vaine existence ce soir, mais je crois que c'est pour cela qu'il nous a approchés en public, dit-il, ses pouces lui caressant les jointures pour la rassurer et détendre ses nerfs à vif. Il savait qu'il y aurait des témoins.

— J'espère que ta confiance n'est pas mal placée.

Avant qu'il ne puisse répondre, l'ouverture emplit le théâtre. Les lampes à gaz furent tamisées jusqu'à ce que la scène devienne le point de mire. Marguerite serra davantage la main de Kane tandis que Giulietta Borghese faisait son entrée sur scène et ouvrait la bouche. La mélodie de la colorature imitait un coup de sifflet, mais les notes aiguës miroitaient comme si elles étaient tombées d'une chorale du paradis.

De sa vie, elle n'avait jamais entendu quelque chose d'aussi joyeux et beau.

Et lorsque Mécène Marié de l'Isle entra en scène en chantant *Ah ! mes amis*, tout le théâtre éclata en applaudissements pour le ténor. Elle ne voulait pas que cela finisse. Tous les costumes glorieux et la musique rendaient plus aisé d'oublier que l'homme à ses côtés n'était pas du tout un homme, qu'un monstre attendait de reprendre possession d'elle et que sa dernière parente vivante comptait sur elle pour obtenir son passage vers le Nouveau Monde.

Lorsque le rideau tomba, elle se leva d'un bond en applaudissant.

— Bravo ! Bravo !

Kane, debout près d'elle, applaudissait aussi.

Ensuite, elle se tourna vers lui tout sourire.

— C'était extraordinaire, n'est-ce pas ?

Le regard de Kane brillait.

— La nuit ne fait que commencer.

Chapitre 7

Il garda ses sens en éveil en quittant l'opéra, scrutant aux alentours à l'affût de tout signe de la présence d'Antoine. Satisfait de constater que le lâche s'était éclipsé, il prit la main de Rita.

— Il y a une auberge à proximité. Me ferais-tu l'honneur d'une danse ?

Elle lui serra la main et hocha la tête.

— J'adorerais cela.

Kane la guida à travers les ruelles étroites, s'en voulant de plus en plus. Chaque seconde passée auprès de Rita la lui rendait plus précieuse. Ce chemin menait à la folie. Sa mortalité le rendrait fou d'inquiétude. Voir Antoine la menacer ainsi ce soir avait mis son sang-froid à rude épreuve, et il avait voulu arracher le cœur du vampire devant des centaines de personnes.

Il devait la savoir en sécurité.

Une fois qu'il en aurait fini avec Antoine, comment serait-il capable de la laisser partir ? Il savait qu'elle désirait vendre ses trésors pour disparaître par-delà l'océan. À l'idée, sa poitrine se serra.

— Tu sembles loin d'ici.

Ses beaux yeux bleus le dévisageaient, et il s'efforça de rester maître de ses émotions, même s'il ne savait pas comment il le pourrait.

— Pardonne-moi. Par moment, il m'est difficile d'oublier que pour un soir, nos différences n'existent pas.

Une boucle caressait sa gorge, et il était impatient de la toucher.

— Peut-être que la danse t'aidera à oublier.

— Peut-être, dit-il en portant sa main à ses lèvres, intoxiqué par l'odeur de sa peau.

Ils tournèrent le coin de la rue et il ouvrit la porte d'entrée de l'auberge. Une musique les accueillit. Kane la mena à l'intérieur. Marguerite garda sa main dans la sienne et il se faufila à travers la foule vers la piste de danse bondée. Lorsqu'elle se retourna vers lui, le bras de Kane lui entoura la taille, l'attirant à lui.

« Là où elle aurait toujours dû être. »

Il chassa cette pensée et s'obligea à profiter de l'instant présent. Leurs corps se mouvaient à l'unisson dans une valse endiablée. Le sourire sur ses lèvres et son rire éclatant alors qu'ils virevoltaient de façon étourdissante l'ensorcelaient.

Finalement, Rita leva les yeux vers lui, sa peau étincelante de couleur.

— J'ai besoin d'air.

Il hocha la tête et la mena vers une table dans un coin sombre, mais elle secoua la tête.

— Non, j'ai besoin d'air, dit-elle en désignant son corset.

« Quelle mode parisienne idiote ! »

— Puis-je t'aider ?

— Oui, mais nous avons besoin de plus d'intimité, dit-elle.

Il la guida à travers les tables jusque dans la ruelle. La poitrine de Rita se soulevait tandis qu'elle tentait de reprendre son souffle. Impatient de l'aider, il la prit dans ses bras et courut à une vitesse impossible pour un mortel. Lorsqu'il la posa sur le sol devant son écurie, les yeux de Rita étaient écarquillés d'étonnement et ses mains tremblaient. Il maudit sa négligence.

— J'aurais dû te prévenir. Pardonne-moi.

Elle fit non de la tête, ébouriffant les boucles qui cascadaient alors plus bas sur ses épaules pâles. Sa poitrine se soulevait et elle haletait :

— Je n'aurais jamais cru que quelque chose puisse aller si vite.

Essayant de la distraire de son étonnement, il désigna sa robe.

— Montre-moi comment t'aider à respirer.

Elle se tourna dos à lui.

— Dégrafe les boutons, puis relâche le corset.

Soigneusement, il défit chacun des minuscules boutons nacrés. Incapable de résister, il se pencha vers l'avant et déposa un baiser à l'arrière de ses épaules dénudées. Il sentit son corps se crisper, mais elle ne s'éloigna pas. Il caressa le côté de son cou élancé avec ses lèvres et Marguerite pencha sa tête de côté, s'ouvrant ainsi à son affection. Kane fit sauter le dernier des petits boutons agaçants et délaça rapidement le corset.

Le soupir de soulagement de Rita le transperça entièrement jusqu'à l'entrejambe. Il avait envie de l'entendre soupirer son nom. Elle se retourna, lui souriant, tandis que la robe menaçait d'exposer sa superbe poitrine.

— Tu devrais me rappeler pourquoi ce n'est pas une bonne idée de me jeter dans tes bras.

— Je suis mal placé pour y répondre, dit-il, alors que son érection frottait contre ses pantalons, et qu'il tendait la main pour lui caresser la joue. Ici et maintenant est tout ce qui importe ce soir.

Elle lui caressa la poitrine, ses doigts agiles défaisant rapidement les boutons de sa chemise.

Il grogna lorsque ses mains chaudes exposèrent sa poitrine dénudée. Les yeux de Kane se rivèrent aux siens.

— Tu me voles toute ma volonté.

Les lèvres de Rita esquissèrent un sourire sensuel.

— Tu n'es pas à la hauteur de la voleuse d'or.

Il n'eut pas le choix de l'embrasser. L'enlaçant étroitement, les lèvres de Rita s'entrouvrirent, et la langue de Kane la goûta tandis que sa main caressait son dos. Chaque courbe de son corps interpellait son désir. Il voulait toucher et goûter chaque centimètre d'elle.

Mais pas dans la grange.

Il rompit le baiser sans toutefois la relâcher.

— Pas ici. Dans ta chambre à coucher.

Le hochement de tête de Rita était tout ce dont il avait besoin comme consentement. Kane la prit dans ses bras, s'efforçant de marcher tout en frissonnant de désir tandis que les baisers enfiévrés de Rita lui caressaient la poitrine. Lorsqu'ils furent seuls dans la chambre, il la posa doucement sur le lit de duvet. Sa chevelure dorée encadrait son visage, ses lèvres étaient enflées de ses baisers, ses joues étaient enflammées.

Marguerite l'observa se départir de sa veste et de sa chemise. Elle avait déjà vu sa poitrine musclée, mais alors elle pouvait voir ses larges épaules et la force de ses bras. Son pouls s'accéléra, et elle s'humecta les lèvres, dans l'expectative. Les mains de Kane relâchèrent le lacet de ses pantalons jusqu'à ce qu'il glisse au sol.

Son regard remonta ses jambes musclées et bronzées. Elle avait fait l'amour avec plus d'un homme, mais jamais avec un qui était aussi à l'aise avec son corps. Plutôt que la gêne et la pudeur, il était debout devant elle, son érection témoignant de façon évidente son désir d'elle. Aucun secret, aucun jeu. Il lui offrait davantage de pudeur que tout autre homme qu'elle avait connu auparavant.

Le regard enflammé de Kane ne quitta pas le visage de Rita tandis qu'il s'allongeait à ses côtés. Il baisa doucement ses lèvres alors qu'elle s'étirait vers lui pour retirer la lanière de cuir qui retenait ses cheveux. Sa crinière tomba autour d'eux pendant que ses mains solides glissaient le long de son corps, modelant fermement chaque courbe jusqu'à ce qu'elle gémisse dans ses baisers.

Ses caresses lui enflammaient la peau. Elle ne voulait aucune barrière entre eux.

Elle mordilla sa lèvre inférieure, savourant sa façon revêche de haleter son nom.

— À mon tour.

Marguerite se retira et sortit du lit. Debout devant lui, pendant un bref instant, elle ressentit une certaine modestie. Elle le regarda fixement dans les yeux, observant son expression pour détecter tout signe de dégoût ou de jugement pour ce comportement tout sauf féminin.

— Tu es superbe, Rita, dit-il en se relevant sur ses coudes, son abdomen contracté attirant le regard de Marguerite.

Lorsqu'elle revint vers son visage, les lèvres de Kane esquissaient un sourire.

— Cette robe n'est rien d'autre qu'un vulgaire haillon sans toi à l'intérieur.

Le cœur de Marguerite s'emballa. Elle relâcha son corsage, sentant la fraîcheur de la pièce lorsque le tissu dévoila lentement son corps. Elle sortit de l'amas d'atours de velours à ses pieds, et plutôt que de se sentir gênée, elle se sentit... sûre d'elle. Aussi belle que Kane l'avait dit. Elle s'approcha du lit, le forçant à lever les yeux vers elle.

— Tu me fais me sentir..., dit-elle en caressant délicatement la peau lisse de son ventre, s'efforçant de trouver les mots, digne.

Kane se leva du lit, debout si près d'elle qu'elle pouvait presque sentir son érection contre sa peau, mais il ne la toucha pas. Son regard lui caressa le visage jusqu'à venir soutenir le sien.

— Tu me fais tout remettre en question, dit-il en un murmure caressant. Tu es faite pour les dieux.

La main de Kane vint lui caresser la joue, et elle se lova dedans. Kane se pencha vers elle, baisant ses lèvres, les caressant, les goûtant. Elle le huma profondément. Aucune eau de Cologne française n'agressa ses narines, seule l'odeur musquée et masculine de sa peau comme celle de la forêt après l'orage.

Une chaleur monta en elle alors que les lèvres de Kane caressaient son cou en descendant. Le bout de ses doigts lui caressa la taille, jusqu'à ce que ses mains chaudes remontent le long de son corps. Elle se cambra, s'offrant à son affection avec un désir fougueux. Un gémissement s'échappa de ses lèvres lorsqu'il prit ses seins dans ses mains, caressant des pouces des mamelons déjà durcis.

Sa bouche parcourut la peau de Marguerite en des caresses sensuelles. Il descendit encore plus bas pour prendre un sein dans sa bouche, titillant le mamelon de sa langue. Les doigts de Rita s'emmêlèrent dans ses cheveux, s'y agrippant quand elle fut parcourue par une spirale de chaleur. Elle pencha la tête, laissant ses yeux se fermer doucement, se laissant aller à la passion. Kane donna des baisers le long de sa poitrine pour aller rejoindre l'autre sein, lui arrachant un halètement.

— Regarde-moi, dit-il, à la fois sur un ton d'ordre et de demande désespérée, dans un murmure rauque.

Marguerite pencha la tête vers l'avant, son regard aux paupières lourdes croisa celui de Kane tandis qu'il excitait sa poitrine de sa langue. La passion brûlait dans le regard de Kane, et avec la sensation de sa bouche qui lui taquinait la chair, le cœur de Rita s'emballa.

L'autre main de Kane glissa vers le bas, jusqu'à son entrejambe. Le désir effaça toute trace de pudeur. Son envie de libération la consommait tout entière, et Kane la lui promettait à chaque toucher. Elle s'ouvrit à lui, et vit un éclair de dents blanches contre sa poitrine, un sourire séduisant aux lèvres.

— Oui, Rita, dit-il en se redressant pour prendre ses lèvres de nouveau tandis qu'il glissait ses doigts en elle.

Elle haleta son nom dans le baiser, ses ongles plantés dans la peau des épaules de Kane pour garder l'équilibre. Ses muscles internes vibraient autour de ses doigts, ses hanches se balançaient de plus en plus vite. Il continua de la titiller, de plus en plus haut, jusqu'à ce que tout son corps s'enflamme de désir.

Lentement, Kane retira ses doigts et elle gémit contre ses lèvres.

— Non, Kane, s'il te plaît.

— Pas tout de suite, dit-il en mordillant sa lèvre inférieure.

Les baisers de Kane descendirent sur son menton, son cou et sa poitrine, caressant son nombril, puis encore plus bas. Il glissa ses mains puissantes sur la courbe de ses fesses pour descendre derrière ses jambes jusqu'à ce qu'il s'agenouille devant elle comme un suppliant nu.

Elle n'était pas certaine de ce qui allait survenir. Son corps quémandait la libération, mais il se retira.

Le regard de Kane soutint le sien tandis qu'il pliait ses jambes pour les mettre sur ses épaules. Il caressa l'intérieur de sa cuisse de baisers torrides.

— Tu mérites plus que la vénération, Rita.

Sans crier gare, il la tira vers lui, la dévora à pleine bouche. Rita lui empoigna les cheveux tandis que le plaisir circulait dans son corps, provoquant des décharges électriques qui lui firent presque perdre la raison dans cette sensation pure.

Il la stabilisa d'une main, l'autre remonta sa jambe jusqu'à ce que ses doigts la pénètrent. Il la toucha avec sa langue, l'excita, et finalement, son corps tout entier vibra avec plus de plaisir qu'elle n'en eût jamais connu auparavant.

Lorsqu'elle reprit ses esprits, il avait déjà reposé ses jambes. Kane se redressa, l'embrassant tout en l'étreignant. Il la prit dans ses bras et la porta au lit. Une fois qu'il fut couché sur elle, elle écarta les jambes, lui permettant de se rapprocher davantage. Elle lui prit le visage à deux mains avec un sourire de béatitude.

— Tu es de toute évidence un dieu.

Kane rit, et ce bruit fit fondre le cœur de Rita dans sa poitrine. Il l'embrassa en murmurant :

— C'est la première fois que j'ai l'impression d'en être un depuis des siècles.

Il la regarda fixement dans les yeux, qui étaient plus clairs que les siens, désirant graver ce moment dans sa mémoire, le fait de la tenir dans ses bras, de goûter la passion sur ses lèvres. Refusant de réfléchir au-delà de ce soir, il glissa une main le long de sa jambe pour l'attirer à lui. La dévisageant, Kane la pénétra profondément, glissant jusqu'à se perdre complètement en elle.

Rita écarta les lèvres, et elle gémit son nom. Elle était faite pour lui. Comment ne pourrait-il jamais se contenter d'une seule nuit ? L'éternité ne serait pas assez longue pour la savourer.

Il se blottit dans son cou, caressant la peau douce juste sous l'oreille, perdu dans l'intensité de la passion. Elle réagissait à chaque demande de ses hanches, se frottant contre lui. De ses ongles, Rita lui griffa le dos avec vigueur. Son désir de sang bouillonnait, le jaguar grognait en lui. Il désirait la savourer, mais son emprise et sa domination faiblissaient à chaque coup de hanche.

Les muscles intérieurs de Rita se serrèrent autour de lui, l'exhortant, mais avant de laisser libre cours à la passion, Rita le fit basculer pour se retrouver à califourchon sur lui. Ses cheveux dorés, ébouriffés autour de son visage, le séduisirent.

Glissant la main sur sa peau soyeuse, il prit ses seins dans ses mains alors qu'elle tenait les rênes en le chevauchant le long de son érection. Tout chez cette femme excitait son corps, son âme. Il ne s'était jamais senti ainsi de toute sa longue existence.

Il la désirait tout entière et voulait qu'elle fasse partie de lui. Son corps seul ne lui suffirait pas.

Kane attrapa les hanches de Rita, la pénétrant vigoureusement, observant la passion s'inscrire sur son visage. Glissant une main entre eux, il la caressa et la stimula jusqu'à ce que le corps de Marguerite se tende autour de sa verge, l'amenant au bord de l'extase avec elle jusqu'à ce qu'il explose en elle.

Rita s'effondra contre sa poitrine avec un sourire épuisé.

Il repoussa ses cheveux derrière son oreille, souhaitant que la nuit s'étire plus longtemps. Ne s'était-il pas, la nuit dernière, promis d'être prudent et de ne pas trop s'enticher de Rita ? Sa mortalité rendrait son éternité insupportable s'il s'autorisait à s'attacher à elle. Depuis le dernier millénaire, il s'était tenu prudemment à l'écart des émotions compliquées de l'humanité, évitant ces moments de futilité sur terre.

Il devait se protéger.

Rita leva la tête de sa poitrine. Sa peau enflammée, ses cheveux ébouriffés et son sourire béat lui serrèrent le cœur. Il tendit la main vers sa joue.

Elle tourna la tête pour en baiser la paume.

— Puis-je te demander quelque chose ?

— N'importe quoi.

Du bout des doigts, elle caressa la cicatrice en forme de croissant sur le côté gauche de sa poitrine.

— Qui t'a fait ceci ?

Il posa une main sur celle de Rita, pressant la cicatrice.

— J'ai combattu une démone qui menaçait mon peuple. Cette démone m'a presque arraché le cœur de la poitrine.

Il ferma les yeux et un souvenir passa en un éclair — son combat avec la démone dans la forêt, dans le but de sauver ses frères et son peuple. Un combat qu'il ne gagnerait jamais.

Les lèvres de Rita caressèrent sa joue, le ramenant à la réalité.

— Je ne voulais pas te rappeler des souvenirs difficiles.

— La démone représentait le début de la fin pour mon peuple. Elle est la raison de ma présence en France, dit-il alors que Rita posait la tête sur sa poitrine et qu'il se penchait pour poser un baiser sur ses cheveux. La démone ne peut pas être tuée, simplement enfermée. Je n'aurais jamais dû l'attaquer, mais je devais faire quelque chose. Ma colère a été l'élément déclencheur.

— Est-ce que la démone est toujours à ta poursuite ?

Il fit non de la tête et laissa ses yeux se refermer lourdement.

— Non. Nous l'avons enfermée dans les profondeurs souterraines de la jungle du Yucatan. Cette démone ne peut plus revenir dans le monde des hommes.

— Tu nous as donc tous sauvés.

Il était hanté d'un sentiment de perte et d'échec.

— C'était notre devoir de dieux. Nous aurions dû découvrir comment l'arrêter plus tôt. Aurions-nous pu sauver davantage de vies et aurions-nous pu combattre les Espagnols ?

— Cortez a attaqué ton peuple.

— Oui. Mes frères et moi avons été contraints de nous séparer et de porter les souvenirs des Mayas en nous aux quatre coins de la planète.

— Comme témoignage de leur existence.

Il posa un baiser sur ses cheveux.

— Nous poursuivons notre vie comme des ombres de ce que nous étions.

Il la tint étroitement enlacée, admirant la façon dont son corps se lovait contre le sien. Lorsque sa respiration ralentit dans le sommeil, il la fit rouler sur lui et la coucha sur le lit en tirant sur elle les couvertures. Il caressa son front, puis se leva. Il ressentait de l'amertume. Il ne voulait pas la quitter.

Jamais.

Cette pensée l'attrista. Il mit ses pantalons et quitta la chambre sans faire de bruit. En arrivant dans son bureau, il grogna.

Gérard avait de nouveau tout rangé.

Kane s'assit, froissant les piles ordonnées de papiers autour de lui en quête de son encrier. Une lueur de chandelle se profila dans le couloir quand Gérard s'approcha.

— Je ne voulais pas te réveiller, dit Kane sans relever la tête de son bureau lorsque Gérard entra.

— Puis-je vous aider ?

Kane soupira et leva les yeux sur son serviteur endormi.

— J'aimerais vraiment que tu le puisses.

Gérard posa sa chandelle sur le coin du bureau et s'assit sur une chaise devant Kane.

— Avez-vous aimé votre soirée avec cette dame ?

Kane s'adossa.

— Elle me déconcerte. Je n'ai de ma vie jamais souhaité avoir plus de temps. En fait, le dire à voix haute semble ridicule. Toutefois, lorsque je suis avec elle, je voudrais que le temps s'arrête. Je veux tout savoir d'elle pour toujours savoir comment la faire sourire. Je veux la protéger et tout lui donner.

Gérard sourit, les rides aux coins de ses yeux trahissant son âge.

— On dirait de l'amour.

Kane se releva d'un bond avec surprise, faisant basculer sa chaise derrière lui.

— De l'amour ?

Il arpenta la pièce comme le jaguar avait fait les cent pas dans son sanctuaire souterrain.

— Il n'y a pas de place dans mon existence pour l'amour.

Gérard se leva et prit sa chandelle.

— L'amour trouve toujours son chemin, dit-il en se dirigeant vers la porte. Votre encrier est dans le premier tiroir de droite. Et, monsieur ?

Kane s'arrêta et leva les yeux en direction de Gérard.

— Mademoiselle Rousseau semble adorable… différente des autres dames qui tentent généralement de s'attirer vos faveurs.

Kane hocha la tête, perdu dans ses pensées.

— Je n'ai jamais auparavant rencontré une femme comme elle.

Gérard fit une courte révérence et disparut dans le couloir. Kane redressa sa chaise et trouva son encrier où Gérard avait dit qu'il était. Il trempa sa plume et rédigea rapidement sa note.

Dehors, le ciel s'éclaircit alors que le soleil menaçait de mettre fin à la nuit. Kane descendit le couloir, glissant la note sous la porte de Rita.

Il n'osait pas jeter un œil dans la chambre. La quitter une fois déjà ce soir-là avait été assez difficile.

Levant la pierre du sol de sa chambre, il disparut dans la pénombre, sous sa résidence.

Chapitre 8

Rita s'étira dans le lit douillet. Son corps était ankylosé, et le souvenir d'avoir fait l'amour avec Kane lui donna chaud. Pour la première fois depuis des années, elle se sentait chérie et en sécurité. Même si elle savait que Kane ne serait pas là, qu'il serait sous terre pour se protéger du soleil, elle se prit tout de même à souhaiter que le reste du lit ne soit pas vide.

Mettant une chemise, elle s'enveloppa dans une robe de chambre et s'avança vers la porte. Son front se plissa alors qu'elle se pencha pour ramasser le message à son nom. Elle l'ouvrit et sourit, découvrant le nom de Kane au bas de la missive.

Très chère Rita,

J'aurais aimé être près de toi lorsque tu as ouvert les yeux. Tu me fais souhaiter tant de choses. À ce soir…

Kane

Elle replia la lettre, tentant de ne pas tenir compte du bond que son cœur avait fait en lisant ces mots. Elle lui avait offert une nuit. Elle ne voulait pas se permettre de songer qu'il pouvait y en avoir davantage. Elle avait presque assez d'or pour partir avec sa cousine de chez Antoine pour toujours. Abandonner à ce moment-là était hors de question.

Marguerite posa la lettre sur le bureau en soupirant.

Il y avait tant à faire.

Tournant le dos au romantisme, elle ouvrit la porte. L'odeur du pain frais lui chatouilla les narines jusqu'à ce que son estomac gronde. Un sourire se dessina sur ses lèvres lorsqu'elle s'approcha de la salle à manger et qu'elle entendit Gérard et sa femme discuter dans la cuisine.

— Si tu t'y connais tant en croissants, peut-être devrais-tu rabattre la pâte toi-même.

Le rire de Gérard retentit.

— Je suis assez sage pour rester hors de ton chemin dans la cuisine. Je n'ai fait que suggérer d'ajouter une compote de fruits.

— Si j'avais voulu faire une tarte, j'aurais fait une tarte, dit-elle.

Elle sortit en trombe de la cuisine, mais s'arrêta net en voyant Marguerite attablée.

— Pardonnez-moi, mademoiselle. J'espère que nous ne vous avons pas réveillée.

— Mais non, absolument pas, répondit Marguerite en secouant la tête. C'est l'odeur délicieuse des croissants qui m'a réveillée.

La femme de Gérard était plus petite que Marguerite, mais solide et souriante, avec ses cheveux gris relevés en chignon. Elle épousseta son tablier plein de farine et la salua.

— Je suis heureuse de vous rencontrer, mademoiselle. Je m'appelle Marie, dit-elle en jetant un regard désobligeant et blagueur à Gérard. Je crois que vous avez déjà fait la connaissance de mon mari.

— Oui, répondit Marguerite en inclinant la tête vers elle. Je suis heureuse de faire votre connaissance, Marie.

Intérieurement, elle soupirait. Ces gens étaient si gentils avec elle. Que penseraient-ils quand elle abandonnerait leur maître ? Elle refoula ses émotions. Elle n'avait pas le temps de se morfondre sur ce qui n'arriverait jamais. Callia comptait sur elle et elle ne devait pas bifurquer de son objectif.

Marie sourit et retourna à la cuisine, revenant avec un croissant feuilleté frais et une théière bouillante. On frappa à la porte et Gérard se précipita pour aller répondre, tandis que Marguerite prenait une bouchée de croissant, en pâmoison alors que le bon goût de beurre caressait ses papilles gustatives.

Son bonheur fut de courte durée.

— Je dois insister pour que vous attendiez le retour de mon maître.

Marguerite et Marie se regardèrent en entendant le ton insistant de Gérard.

Un étranger répondit.

— Nous avons un mandat d'arrêt pour Marguerite Rousseau.

Des pas résonnèrent dans le couloir. Les yeux de Marie s'écarquillèrent lorsque les agents entrèrent précipitamment dans la pièce. Le cœur de Marguerite battit la chamade dans sa poitrine, mais elle garda le regard droit et le menton relevé.

Gérard se précipita sur leurs pas.

— Pardonnez-moi, mademoiselle. Ces messieurs…, dit-il d'un ton sarcastique, m'ont bousculé pour me devancer.

Il se dirigea à ses côtés.

— Je suis heureux de vous présenter Marguerite *Bordeaux*. De toute évidence, il y a eu une erreur, et je serai heureux d'accepter vos excuses de la part de mon maître, Kane *Bordeaux*.

Marguerite tenta de ne pas réagir en entendant le nom de famille de Kane être apposé à son prénom, et s'efforça de suivre Gérard dans son improvisation.

Le commissaire de police s'avança.

— Vous correspondez à la description de Marguerite Rousseau, qui est accusée de vol et de traîtrise.

— Il doit y avoir une erreur, dit-elle en maîtrisant sa voix tandis que son estomac se nouait. Je peux vous assurer que je n'ai pas quitté cette enceinte. Mon mari sera de retour sous peu, et il pourra témoigner de mes allées et venues.

Le commissaire fit un signe de tête en direction de ses hommes, qui se dirigèrent vers elle. Gérard fit de son mieux pour la protéger. Marie s'en prit à quelques agents avec son rouleau à pâtisserie, mais l'équipe de la cuisine ne faisait pas le poids compte tenu du nombre d'agents présents.

Marguerite se débattit, donna des coups de pieds, mordit et griffa, jusqu'à ce qu'ils lui retiennent les mains derrière elle pour la retourner face à l'agent en chef. De la sueur perlait sur son front, et il tripotait sa moustache effilée.

— Vous viendrez maintenant avec nous.

Deux agents retenaient Gérard.

— Mon maître verra à faire punir cette incursion illégale et cette attaque contre sa femme.

L'agent attrapa Marguerite par les cheveux, l'attirant si près qu'elle put sentir son odeur corporelle sous le parfum doucereux de son eau de Cologne.

— J'attends ce jour depuis longtemps… la voleuse d'or.

Marguerite fut prise de panique, mais se tut. Tout ce qu'elle pourrait dire se retournerait contre elle. Elle s'efforça plutôt de garder ce qui lui restait de sang-froid et jeta un regard à Gérard.

— Kane viendra me chercher.

— J'y verrai bien, acquiesça-t-il.

— Très bien, dit-elle en se redressant du mieux qu'elle le pouvait, malgré les mains nouées dans le dos. Puis-je avoir mes chaussures ?

L'agent la poussa si fort qu'elle manqua de tomber.

— Vous n'en aurez pas besoin où vous allez.

• • •

Marguerite fut ballottée dans le fourgon noir. Il n'y avait ni siège rembourré ni fenêtre à l'intérieur. Les chevaux trottaient sur les pavés, tournant, s'arrêtant et repartant, si bien que son estomac donna des signes de mal des transports.

Le fait qu'il y régnait l'odeur de vomi des passagers précédents n'aidait en rien.

Fermant les yeux, elle s'efforça de respirer par la bouche. Ses pieds nus étaient engourdis par le froid et des larmes lui coulaient sur les joues. Elle avait été trop confiante, trop audacieuse, et trop sûre que les policiers ne lui mettraient jamais la main au collet. Elle se retrouvait maintenant à l'arrière d'un fourgon, pour être bientôt interrogée. La Bastille avait été détruite lors de la Révolution française. Elle éviterait donc cette horreur, mais la nouvelle prison ne l'intéressait pas davantage.

Elle fut prise de panique et échappa un sanglot. Elle tenta de s'imaginer le visage de Kane, son beau sourire, ses yeux bleus.

Il ne les laisserait pas faire.

Le fourgon s'arrêta. Elle ouvrit les yeux et leva le menton avec assurance. Elle ne se laisserait pas abattre devant eux, et elle ne leur donnerait pas le plaisir de la voir pleurer.

La porte arrière s'entrouvrit, et une lumière aveuglante emplit le fourgon sombre. Marguerite grimaça, incapable de se protéger les yeux avec ses mains liées. L'agent la tira violemment du fourgon. Ses pieds nus martelèrent les pavés, la surprenant un instant. Marguerite cligna des yeux pendant que son regard s'adaptait à la lumière.

Elle reconnut le lieu.

Marguerite cria. S'éraflant la plante des pieds, elle résista tandis que les agents la tiraient vers la résidence d'Antoine.

— Non ! Je vous en supplie !

Cependant, les agents ne semblaient pas ralentir. Elle regarda à gauche et à droite, vers les gens qui s'avançaient pour voir.

— S'il vous plaît. Je n'ai rien fait et cet homme va me tuer. Aidez-moi, s'il vous plaît !

Cependant, personne ne vint à son aide. Un murmure s'éleva parmi les badauds alors que Marguerite s'époumonait.

Lorsque la lourde porte d'entrée se referma derrière elle, son cœur ne fit qu'un bond. Personne ne viendrait à son secours, et Kane ne la retrouverait jamais avant qu'Antoine ne la tue.

Son combat prit fin lorsque l'agent la poussa dans une petite pièce où Antoine gardait ses fournitures d'art. La porte fut verrouillée à clé. Pressant l'oreille contre le bois, elle entendit le martèlement des bottes qui s'éloignaient sur le plancher de pierre. Le bruit sourd familier de la lourde porte d'entrée qui se refermait emplit l'espace.

Lorsque le silence s'installa, elle se retourna pour tenter de trouver quelque chose qui pourrait l'aider à ouvrir la porte. Des pinceaux, des palettes, des chevalets, rien pour l'aider à forcer la serrure.

— Marguerite?

Son cœur s'emballa en entendant le son de la voix de sa cousine. Elle se pencha vers le trou de la serrure.

— Callia?

— Oui, je suis là, mais je ne peux pas trouver la clé. L'agent a dû la prendre avec lui.

Marguerite ferma les yeux pour éviter de pleurer.

— Laisse-moi, Callia. Retourne à la cuisine et reste loin d'Antoine.

— Non. Il est en colère, cousine. J'ai peur qu'il te tue cette fois. Tu dois t'enfuir avant le coucher du soleil.

— Si tu m'aides, il te fera également du mal, Callia.

Elle secoua la tête dans l'obscurité.

— Va. Ce n'est pas une requête.

Callia tapa la porte.

— Tu ne peux pas me demander de te laisser mourir.

Marguerite entendit les pas de sa cousine s'éloigner de la porte jusqu'à ce que le silence retombe autour d'elle. Elle ne voulait pas mourir, mais elle ne pouvait pas non plus condamner sa cousine à mort. Ses doigts touchèrent de nouveau les pinceaux et les outils. Il devait bien y avoir une lame quelconque dans toutes ces fournitures. N'importe quoi qu'elle puisse glisser dans la serrure pour tenter de l'ouvrir.

Des pas approchèrent. Elle retint son souffle, se pressant contre le mur du fond. Était-ce déjà le soir ?

Quelque chose glissa dans la serrure, mais elle ne s'ouvrit pas.

— Merde !

Marguerite sourit presque en entendant sa cousine jurer à voix basse.

— Callia, qu'est-ce que tu fais ?

— Il a caché la clé, mais j'ai une épingle à cheveux, dit-elle en l'insérant de nouveau dans la serrure, mais elle ne s'ouvre pas.

Marguerite posa le front contre la porte.

— Tu es gentille d'avoir essayé, mais tu dois maintenant t'en aller.

— Il ne reste pas beaucoup de temps, dit Callia tout en farfouillant dans la serrure avec l'épingle.

— Il sera bientôt là, dit-elle d'une voix tremblante. Nous devons te sortir d'ici sinon…

Elle poussa une exclamation de surprise.

— Je crois qu'il arrive.

— Sauve-toi, Callia ! dit Marguerite en se penchant près de la serrure. Sauve-toi pour te cacher, maintenant !

Chapitre 9

Kane fronça les sourcils lorsqu'il déplaça la pierre pour entrer dans la chambre principale. L'odeur de Gérard était présente dans la pièce, et quelqu'un faisait les cent pas à l'extérieur. Il mit ses pantalons et ouvrit précipitamment la porte pour découvrir Gérard qui se tordait les mains.

– Pardonnez-moi, maître. Je suis venu vous réveiller, mais vous n'étiez pas dans votre chambre. Je vous aurais averti plus tôt, mais je n'arrivais pas à vous trouver, dit-il en le regardant dans les yeux. Ils l'ont emmenée.

– Qui ont-ils emmené ? sourcilla Kane. Que me dites-vous là, Gérard ?

Son serviteur baissa les yeux sur ses mains.

– Marguerite. Le commissaire de police est venu la chercher avec un mandat d'arrêt. J'ai tenté de les en empêcher. Je leur ai dit qu'elle était votre femme, et non pas mademoiselle Rousseau, mais ils l'ont tout de même emmenée.

Kane serra les poings et retourna dans sa chambre mettre une chemise. Se précipiter vers la prison en ayant l'air d'un cinglé à moitié habillé n'aiderait pas à faire libérer Rita. Il devait reprendre ses esprits.

Et il avait besoin d'argent.

Depuis la chute de Napoléon et la destruction de la Bastille, une bourse bien garnie influençait la justice plus rapidement que le fait d'être innocent. Et si l'argent ne réglait pas les problèmes, il n'hésiterait pas à faire usage de la force.

Quelques minutes plus tard, habillé de pied en cap, sa bourse attachée à sa ceinture, Kane chevaucha Kukulkan en direction de la prison de Paris.

• • •

La porte éclata, s'ouvrit sans être déverrouillée ni même sans tourner la poignée. La lueur d'une chandelle oscilla à côté de lui, laissant le visage d'Antoine baigné d'ombres.

Seules ses dents acérées étincelaient.

— Tu m'as brisé le cœur, Marguerite, dit-il en lui empoignant le haut du bras avec fermeté pour la retourner et rompre les liens qui retenaient ses mains.

— Tu n'as pas de cœur, Antoine. Plus maintenant.

Les doigts froids d'Antoine lui encerclaient le poignet, la retournant dos contre lui. Marguerite tira sur son bras, tentant de se libérer de son emprise.

— C'est faux, dit-il en la tirant vers lui.

Son souffle empestait le sang et la mort.

— Je t'aime assez pour te donner une dernière chance. Tu as déjà voulu m'épouser, souviens-toi.

Des larmes jaillirent, mais la voix de Marguerite ne trembla pas.

— L'artiste que j'ai jadis aimé est mort le soir où tu as vendu ton âme pour devenir immortel.

Il l'entraîna dans son studio, et elle poussa une exclamation de surprise.

— Qu'as-tu fait ?

Callia était assise, mains et pieds liés à une chaise, un bâillon couvert de larmes sur la bouche. Sa robe était déchirée, exposant un sein couvert de marques de morsures. Elle avait également des marques de perforation sur les bras et les jambes, mais elle était encore consciente.

— Espèce d'animal ! dit Marguerite en le giflant de sa main libre.

Il se moqua d'elle en faisant semblant d'être offusqué.

— Je croyais que mon sang-froid te plairait. Peut-être préférerais-tu que je boive tout mon soûl tandis que la vie s'échappe doucement de son corps ?

— Libère-la, Antoine, dit-elle en soutenant son regard, repoussant la peur. S'il te plaît. Tu n'as aucune raison de faire du mal à cette pauvre fille.

— Me prends-tu pour un idiot ? demanda-t-il.

Une douleur vive se fit sentir dans le bras de Marguerite tandis qu'il resserrait son emprise.

— Je *sais* qui elle est. Je *sais* ce que tu planifies. Comment crois-tu que j'ai organisé ton arrestation, ma petite ?

Il se dirigea vers son chevalet à côté de Callia et prit un pinceau.

— Chaque fois que je me sustente à toi, mon amour, tes souvenirs deviennent miens. J'ai vu tous les hommes, tous les trésors, tous les projets.

Trempant son pinceau dans la blessure de Callia, il commença à dessiner avec son sang.

— Je sais que cette fille est ta cousine. Je sais que tu envisages de me quitter. Elle t'a aidée.

Les sanglots étouffés de Callia attirèrent son attention.

— Nul besoin de sangloter, petite. Cela prendra bientôt fin, et tu survivras dans mon art. Tu devrais me remercier de donner à ta vie inutile une certaine valeur.

— Antoine, s'il te plaît, dit Marguerite en étouffant son dégoût pour tenter de jouer son rôle de servante, replaçant une mèche de cheveux d'Antoine derrière son oreille. Callia est innocente, libère-la.

Il se retourna vers elle, libérant son poignet et attrapant une poignée de cheveux.

— Pourquoi devrais-je t'écouter ? Tu t'es donnée à la moitié de Paris ! s'exclama-t-il, grimaçant de colère. Tu m'as dit que tu ne pouvais pas m'aimer parce que mon immortalité était un prix trop élevé à payer, mais maintenant tu te caches sous le toit d'un autre vampire ?

— C'est un marcheur nocturne. Il m'a proposé la sécurité plutôt que la servitude.

Antoine rejeta la tête en arrière en éclatant d'un rire cinglé. Libérant les cheveux de Marguerite, il caressa sa joue d'un doigt froid.

— Pourquoi m'obliges-tu toujours à te faire du mal ? Je pourrais te sauver de la mort et t'aimer pour toujours.

Marguerite releva le menton et fit de son mieux pour dissimuler sa peur.

— Je n'ai pas peur de vieillir.

Elle ne le vit pas bouger. La douleur se fit sentir dès qu'il planta ses crocs dans le muscle à la base de son cou. Suçant sa peau, il la mordit de plus en plus, jusqu'à ce que le tissu de sa chemise moule son corps, trempé de sang. Sa vision vacilla, son cœur battit la chamade, jusqu'à ce qu'il relève finalement la tête. Le sang de Marguerite lui tachait les lèvres et le menton, comme un animal sauvage affamé.

Elle était la proie.

Ses jambes fléchirent, et il la prit dans ses bras. Antoine la prit avec un seul bras. Marguerite tenta de relever la tête, mais elle était trop lourde, et elle retomba. Le bout de son pinceau était froid, et la piqua lorsqu'il le trempa dans la plaie béante sur son épaule.

— Je crois que ce tableau s'intitulera *Famille de sang*.

Callia se débattit sur sa chaise. Marguerite aurait voulu lui dire de ne pas faire de bruit pour ne pas attirer son attention, mais l'épuisement et la perte de sang l'empêchèrent de parler.

Antoine jeta un regard en direction de Callia, léchant le sang au coin de sa bouche. Tirant une autre chaise, il y assit Marguerite, face à sa cousine. Intérieurement, son instinct lui intimait de s'enfuir. À se lever et à s'enfuir.

Même si elle avait eu la force de s'enfuir, elle n'aurait jamais abandonné Callia.

Le monstre s'approcha de sa cousine. Callia poussa un cri aigu derrière son bâillon.

— As-tu quelque chose à dire ? demanda-t-il en se déplaçant derrière la chaise pour desserrer son bâillon et le lui retirer de la bouche.

Callia toussa, respirant avec difficulté.

— S'il te plaît, laisse-nous partir. Nous quitterons Paris. Personne ne saura à ton sujet.

— Ta vie dépend de ta cousine ici présente, dit-il en désignant Marguerite. Combien t'aime-t-elle ?

Marguerite réussit à murmurer :

— Antoine. Punis-moi. Elle est innocente.

Il poussa la tête de Callia de côté, repoussant les cheveux de sa gorge. Le regard d'Antoine était fixé sur Marguerite.

— Combien vaut sa vie à tes yeux ?

• • •

Kane galopa à travers les rues de Paris en direction de la prison. Son pouls grondait dans ses oreilles comme une horloge. Si les policiers faisaient du mal à Rita, il les tuerait. Personne ne menaçait les mortels sous sa protection. Pas depuis la démone nocturne. Et plus jamais.

Il y aurait des répercussions s'il massacrait les agents corrompus, mais il s'en occuperait une fois que Rita serait en sécurité.

Tant qu'elle courait un risque, toute pensée rationnelle était hors de sa portée.

L'édifice en vue, il se rassit sur la selle, tirant les rênes pour ralentir Kukulkan, qui piaffa sur place. Kane bondit du cheval au sol sans un bruit, son jaguar intérieur exigeant d'être libéré… pour elle. Il ne prit pas le temps d'attacher son cheval. L'étalon attendrait son retour.

Kane ouvrit la porte d'un coup, faisant alors tomber un agent au sol à l'intérieur. L'homme en uniforme derrière le bureau repoussa sa chaise et se leva à son approche.

— Halte, monsieur ! dit-il en contournant le bureau, la main sur la poignée de son sabre. Que faites-vous ici ?

Kane dévisagea l'homme, autorisant son regard à entrer dans l'esprit de l'homme faible.

— Je suis venu chercher Marguerite Rousseau.

— Elle n'est pas ici, dit l'agent, subjugué par le regard de Kane.

— Mon personnel m'a informé qu'elle a été arrêtée aujourd'hui, dit-il en fronçant les sourcils.

Il entendait les pensées de l'autre homme. Il disait la vérité.

— Le commissaire, accompagné de quelques hommes, est allé à la maison Bordeaux, mais ils ne l'y ont pas trouvée.

Kane aurait voulu déchiqueter l'agent par frustration, mais cela ne l'aiderait pas à trouver Rita plus rapidement.

– Où est-il actuellement ?

– En patrouille, monsieur.

Kane rompit la connection avec l'homme et effaça sa visite des souvenirs de l'homme avant de partir. Kukulkan piaffait sur place, impatient de se dégourdir les jambes de nouveau. Portant sa botte à l'étrier, Kane monta en selle et éperonna l'étalon.

Le martèlement des sabots se faisait entendre dans les ruelles. La poitrine de Kane se resserra. Le commissaire s'était-il lui-même chargé de Marguerite ? Il était impatient de mettre la main au collet de la voleuse d'or, furieux qu'elle lui fasse généralement faux bond. Aurait-il pu la capturer et s'en occuper sans aucune forme de procès ?

Il grinça des dents, rejetant cette pensée de son cerveau. Sa rage ne serait pas si facile à contenir. Tirant Kukulkan sur la droite, il passa en trombe devant la place achalandée de l'Arc de triomphe, ouvrant son esprit aux pensées des mortels qui peuplaient la nuit autour de lui.

En abaissant sa protection mentale dans un tel endroit public, il fut agressé par une myriade de voix étrangères dans sa tête. Certaines voix étaient amoureuses, d'autres, affligées, et d'autres cherchaient de l'argent pour acheter du pain. Pour l'instant, aucune ne parlait d'une superbe blonde qui savait vous charmer en vous subtilisant votre portefeuille.

Il grimaça, ralentissant son cheval au trot. Étant un ancien, ses pouvoirs dans cet univers s'étaient décuplés au point où il pouvait entendre les voix des personnes à des kilomètres de la place publique.

Kane arrêta Kukulkan. Faisant faire volte-face à son étalon, il fronça les sourcils. Quelque part, dans tout le bruit de ces pensées mortelles, il entendit un faible murmure.

Elle n'était pas loin.

Kukulkan s'éloigna au galop de l'Arc de triomphe.

« Rita. Où es-tu ? »

Presque instantanément, le murmure s'immisça dans son cerveau.

« Antoine. »

Le lien s'estompa. Elle avait peut-être perdu connaissance, ou…

Il ne pouvait même pas concevoir la deuxième possibilité.

Et il ignorait où habitait Antoine.

– Merde ! dit-il en entraînant son cheval vers chez lui. Gérard avait livré son message pour inviter Rita à venir lui présenter les œuvres de son maître. Il saurait où trouver Antoine.

Kane espérait qu'il ne soit pas trop tard.

• • •

– Qu'est-ce que tu attends de moi, Antoine ?

Sa question ramena son attention vers elle et loin de Callia. Elle avait de nouveau entendu la voix de Kane dans son esprit, comme ce soir-là au lac, mais avait-il entendu sa réponse ? Elle ne pouvait compter sur lui. Son avenir et l'avenir de sa jeune cousine étaient en jeu. Si la vie lui avait appris quelque chose, c'était qu'elle ne pouvait compter que sur elle-même.

Antoine s'agenouilla près de sa chaise et lui prit les mains. Elle ne gaspillerait pas ce qu'il lui restait d'énergie à les retirer.

— Je veux l'existence que nous aurions dû partager, dit-il sans la quitter des yeux. Promets-la-moi et je la libère.

— Tu as gaspillé la vie que nous aurions pu avoir ensemble, dit-elle en jetant un regard en direction de sa cousine, contente de constater qu'elle se tordait les poignets pour tenter de se libérer.

Les lèvres d'Antoine eurent un petit mouvement saccadé.

— Tu n'as pas le droit de me juger. Tu ne m'as jamais aimé. J'ai peint pour toi. Je me suis langui de toi. Je t'ai libérée de ton misérable père et je t'ai donné une maison, des bijoux, des robes, mais ce n'était jamais suffisant.

— Je n'ai jamais voulu de tout cela, dit-elle en retirant ses mains des siennes. Tu as fait de moi une possession prisée, rien de plus. Tu as trop bu de vin, tu as perdu ton emploi à l'université et tu m'as possédée contre mon gré. Le fait de devenir un vampire n'a rien changé à cela.

Il lui prit de nouveau le poignet, la voix empreinte de rage.

— Ça suffit ! J'étais un homme faible, sans plus. Maintenant, j'ai un véritable pouvoir. Je peux t'offrir l'éternité.

— Tu me proposes une existence maudite sans fin, dit Marguerite sans arrêter de parler pour garder l'attention d'Antoine centrée sur elle, tandis que Callia se libérait doucement une main pour s'attaquer aux liens de son autre main. Il y a sûrement des femmes à Paris qui donneraient tous leurs bijoux pour demeurer éternellement jeunes. Je ne suis pas du lot.

— Mais tu es celle que je désire, dit-il en se retournant si vite qu'elle ne put le voir s'arrêter près de la chaise de Callia.

Une main lui empoigna les cheveux, lui tirant la tête vers l'arrière.

— Le choix t'appartient, ma petite. Reste avec moi pour l'éternité, ou ta cousine sera mon repas.

• • •

Kane descendit de cheval devant la maison de l'artiste, soulagé d'entendre des voix en provenance de l'intérieur. Avec la discrétion du félin, il fit le tour du périmètre et pénétra par la porte ouverte de la cuisine. Il avança à pas de loup dans la maison, passant devant les pièces vides les unes après les autres jusqu'à ce qu'il tombe sur Rita. Une rage brûlante gronda en lui lorsqu'il aperçut sa gorge tachée de sang. Il grinça des dents pour s'efforcer de réfléchir.

— Laisse-la tranquille, dit faiblement, mais résolument Marguerite. Je resterai avec toi, mais ne lui fais pas mal.

Kane entra dans la pièce.

— Forcerais-tu vraiment une personne à vivre éternellement contre sa volonté ? Peux-tu imaginer une éternité auprès de quelqu'un qui te déteste ?

La sangsue libéra la fille ensanglantée pour trotter vers Kane, tout sourire, montrant ostensiblement ses crocs tachés de sang.

— Marguerite n'a aucune idée du pouvoir qui accompagne le sang. Une fois métamorphosée, elle me remerciera de ce don.

Kane rit, s'avançant un peu plus en direction de Rita.

— Est-ce ainsi que les vampires appellent cela ? Un don ? demanda-t-il d'un ton de dégoût en regardant fixement Antoine. Seul un mortel considérerait l'éternité comme un don. C'est une responsabilité, un fardeau… jamais un don.

Il fit un geste en direction des femmes.

— Tu devrais les protéger, pas te sustenter à elles comme à du bétail.

Rita croisa son regard et regarda en direction de la fille ligotée à la chaise. Elle voulait qu'il sauve d'abord sa cousine. Il n'aurait pas le temps de les prendre toutes les deux. Et rien au monde ne le forcerait à laisser Rita avec Antoine.

Il devait le tuer.

Antoine se passa la langue sur les dents.

— Tu te crois supérieur à moi, mais je sais que c'est l'odeur de leur sang qui t'a attiré ici. Cette odeur t'attire en ce moment. Tu veux les goûter, sentir la chaleur de leur sang couler dans tes veines.

Rita leva les yeux vers lui, et son cœur fit un bond. Il avait envie d'elle. Mais pas de cette façon.

Kane lança un regard furieux au vampire, le regard cramoisi. Antoine fracassa une chaise, se précipitant vers lui avec une patte cassée. Kane évita le coup et se pressa vers Rita.

— Fuis. Maintenant.

Il la poussa également en pensée, mais même dans son état de faiblesse, son entêtement demeurait entier.

– Je ne laisserai pas ma cousine avec lui.

– Je me charge de lui. Va.

Antoine brandit la patte de la chaise comme une machette, déchirant la manche de la chemise de Kane et tranchant dans son biceps, juste sous l'épaule.

Kane attrapa l'arme au coup suivant et la tira des mains d'Antoine. Le vampire ne perdit pas de temps et attrapa une autre patte de chaise, la brandissant comme une épée. Kane lâcha la patte de chaise et se lança vers Antoine.

• • •

Marguerite rassembla ses forces et se résolut à se lever de sa chaise. Ses jambes vacillaient, son corps la faisait souffrir, mais elle réussit à s'approcher de Callia et à s'agenouiller à ses côtés. En jetant un regard par-dessus son épaule, elle observa les immortels tourner l'un face à l'autre. La blessure de Kane tachait le tissu de sa chemise, mais il n'en semblait pas affaibli.

Callia releva sa robe pour se couvrir et tenta d'aider Marguerite à libérer son autre main. Antoine lança une autre chaise. Une patte de chaise percuta le chandelier, qui se fracassa au sol, faisant éclater la lampe à l'huile en son centre. Le feu éclata, alimenté par l'huile renversée, et enflamma le tapis avec un grondement inhumain. De la fumée et des flammes emplirent le centre de la grande pièce, érigeant une barrière entre les accès nord et sud.

Antoine poussa un cri strident, attirant l'attention de Marguerite. Kane jeta un œil en sa direction, croisant son regard. Sa voix basse s'immisça dans son esprit.

« Vite, avant que la fumée vous empoisonne. »

Les yeux lui piquaient, et elle hocha la tête pour acquiescer. Marguerite s'efforça d'aider sa cousine à libérer son autre main. Antoine se précipita à travers la fumée noire et transperça la poitrine de Kane de la pointe effilée de la patte de chaise. Marguerite poussa un cri, et se leva d'un bond. Malgré la fumée, et le vertige, elle tituba vers Kane.

Le sang coulait sur le devant de sa chemise, et ses jambes vacillèrent. Kane grimaça, tomba vers l'avant, et Marguerite l'attrapa. Le tenant sous les aisselles, elle tenta de l'éloigner d'Antoine. Le pieu détrempé de sang lui piquait l'abdomen à travers sa chemise de nuit, et elle dut retenir la bile qui remontait dans sa gorge.

Kane murmura contre son épaule.

— Je croyais t'avoir dit de t'enfuir.

Les yeux écarquillés, elle relâcha son emprise et toussota lorsque la fumée lui emplit les poumons.

— Tu es vivant.

Son sourire en coin la bouleversa malgré l'enfer qui brûlait autour d'eux.

— Il faut plus qu'un pieu de bois pour arrêter un marcheur nocturne.

• • •

Antoine tituba vers l'avant tandis que Kane se retournait pour lui faire face. Le vampire sourcilla, et sa bouche s'ouvrit à répétition comme un poisson hors de l'eau.

— C'est impossible, dit-il en regardant Kane dans les yeux. Qu'est-ce que tu es ?

Kane attrapa le bout de la patte et l'extirpa de sa poitrine. Ses yeux piquaient jusqu'à ce qu'il comprenne que son regard était cramoisi à cause de la rage. Du sang giclait de la plaie et une douleur vive le tenaillait. Son corps s'efforça de guérir alors qu'il s'avançait vers son adversaire, frappant la patte de chaise tachée de sang contre son autre main.

Antoine recula d'un pas pour s'éloigner de Kane et des flammes. Il secouait la tête d'un côté et de l'autre.

— Impossible. Tu devrais être mort.

— Tu le seras, grimaça Kane, se redressant pour soulager la douleur qu'il ressentait à la poitrine. Très bientôt.

Avant que Kane ne puisse le transpercer du pieu, Antoine se précipita avec une vitesse surnaturelle vers la chaise de Callia en extirpant un poignard de sa ceinture. Callia poussa une exclamation de surprise, aspirant profondément la fumée dense.

— Approche et je la tue, dit-il en pressant la lame contre la gorge de Callia.

Les yeux de la jeune fille étaient rouges et trempés de larmes, sa poitrine cherchait désespérément de l'oxygène. La chaleur du feu brûlait la peau de Kane, mais il s'en remettrait. S'il n'éloignait pas sous peu les femmes du feu, la fumée les étoufferait. Marguerite rampa vers la porte, une partie de sa chemise de nuit sur la bouche et le nez, à plat au sol.

Kane devait distraire le vampire jusqu'à ce que Marguerite soit en sécurité, hors de la pièce. La douleur de sa poitrine le tenaillait, mais son corps poursuivait sa guérison.

La rapidité n'était pas sa force pour l'instant.

— Tu me déçois, le vampire. Te protéger avec un bouclier humain ? Quelle démonstration pathétique pour un immortel qui prétend avoir des pouvoirs extraordinaires !

Les flammes léchaient le plafond. Les poutres crépitaient, gémissant au-dessus des flammes affamées. Une pluie de cendre tomba comme de la neige dans les cheveux et les cils de Kane.

— Lâche la fille, dit Kane en infusant une obligation dans ses mots, le regard fixé sur Antoine.

La main d'Antoine trembla contre la gorge de la fille, la peur dans le regard. Tout à coup, les yeux de Callia se révulsèrent et sa tête retomba vers l'avant, contre la lame affilée. Kane se précipita vers elle, et Antoine laissa tomber le poignard avant de s'enfuir.

Kane aurait voulu poursuivre le vampire, mais il devait sortir les femmes du feu sans tarder.

Il prit le poignard pour couper les liens qui retenaient Callia à la chaise. Prenant la jeune fille blessée dans ses bras, il se précipita vers Marguerite et glissa un bras autour de sa taille. Délicatement, il sillonna les poutres enflammées tombées du plafond, évitant les flammes et les cendres rouges, jusqu'à ce qu'il réussisse à sortir les femmes de la maison en feu. Lorsqu'elles furent en sécurité, il lâcha Marguerite et posa sa cousine au sol, près de l'étable.

Marguerite tomba à genoux.

— S'il te plaît. Tu dois faire quelque chose. Guéris-la comme tu l'as fait pour moi. S'il te plaît, Kane.

Kane se mordit le poignet, laissant son sang couler sur la plaie dans le cou de sa cousine, espérant qu'elle guérisse. Il se demanda si elle n'avait pas déjà perdu trop de sang. Tandis que son sang contribuait à guérir la plaie, avec son doigt, il tenta de couvrir chaque marque de perforation laissée par les crocs d'Antoine.

Même si elle ne se remettait pas de ses blessures, les autorités ne trouveraient aucune marque sur son corps.

Marguerite toussa, berçant la tête de sa cousine sur ses genoux tout en caressant ses cheveux couverts de sang.

– C'est fini, Callia. Antoine ne peut plus nous faire de mal maintenant. Reste avec moi.

Elle se pencha pour poser un baiser sur le front de la jeune fille, et Kane s'agenouilla à ses côtés, inspectant la plaie dans le cou de Callia. La peau était guérie, mais seul le temps permettrait de savoir si les blessures internes allaient guérir. Il avait fait tout ce qu'il pouvait sans la métamorphoser.

Marguerite leva les yeux vers lui, les joues trempées de larmes, la bouche et les narines couvertes de cendre.

– Est-elle guérie ? L'as-tu sauvée ?

– Ses blessures sont guéries. Le reste n'en tient qu'à elle, dit-il en s'approchant pour parler à voix basse. Tu l'as sauvée. Tu as gardé l'attention d'Antoine rivée sur toi.

Elle pressa les lèvres et jeta un regard vers sa cousine.

– Je veux le tuer. Je devrais me sentir coupable de désirer la mort de quelqu'un, mais je n'ai ni remords ni regret, dit-elle, les yeux bleus remplis de larmes en regardant sa cousine. Il m'a empoisonnée sans même que son sang ne coule dans mes veines.

Kane porta la main à sa joue pour caresser sa peau de son pouce.

– Tu es une battante, Rita. Une battante fait ce qui doit être fait. Il n'y a pas de place pour les remords et les regrets, dit-il en posant un baiser sur son front. Laisse-moi guérir tes blessures, termina-t-il dans un murmure.

Elle trembla, penchant légèrement la tête. Les lèvres de Kane caressèrent sa gorge, et son cœur s'emballa. Le corps de Rita se tendit à ses côtés.

— Tu es en sécurité. Je ne te ferai jamais de mal.

Il posa un baiser sur la peau tendre juste au-dessus des marques d'Antoine. Perçant sa langue sur ses crocs, il porta sa bouche à son cou, permettant tendrement à son sang de la guérir, à coup de baisers.

Il aurait souhaité en faire de même pour ses blessures mentales.

Kane s'éloigna, soulagé de voir sa peau sans marque. Rita garda le regard baissé, rivé sur le visage de sa cousine.

— Merci.

Il ne tenta pas d'en prendre davantage.

Le cœur de sa cousine battait toujours, faiblement et trop rapidement, mais elle était vivante.

Il pouvait entendre les voix du personnel de la maison qui tentait d'éteindre le feu, un seau à la fois. Ils ne pouvaient pas rester là. Rita tremblait à ses côtés. Kane retira sa chemise et tenta de la lui offrir, mais voyant les trous et le sang, il changea d'idée et la rentra dans ses pantalons.

— Il faut vous ramener toutes les deux à la maison.

— Prends d'abord Callia, dit-elle en levant les yeux vers lui. Tu peux aller plus vite que le vent.

Il fit non de la tête.

— Antoine s'est enfui, dit-il en attirant Rita près de lui et en tenant tendrement sa cousine de son autre bras. Jusqu'à ce que je le retrouve, tu ne seras pas seule la nuit.

Rita ne protesta pas. Elle mit ses bras autour de son cou et il posa un baiser dans ses cheveux, reconnaissant de la savoir en sécurité. Sans un mot, il serra les deux femmes contre lui et, plus rapidement qu'un humain ne pourrait le voir, il disparut.

Chapitre 10

Marguerite n'avait pas quitté le chevet de Callia depuis une semaine. Depuis l'incendie, sa cousine n'avait connu que de brèves périodes de lucidité. Gérard et Marie avaient apporté des bouillons à Callia, et Kane s'était procuré un sirop d'ipéca dispendieux et un élixir à base d'opium pour soulager sa toux.

Cependant, chaque jour, la cousine de Rita s'affaiblissait.

Lui épongeant le front, Marguerite sourit lorsque sa cousine tourna les yeux vers elle. Les rougeurs causées par la fumée avaient enfin disparu de ses yeux verts.

Ensuite, celles de ses poumons devaient faire de même.

— Bonjour, cousine, dit Callia d'une voix rauque, les lèvres esquissant un faible sourire.

— Bonjour, dit Marguerite en posant un baiser sur son front, heureuse d'entendre le son de sa voix. As-tu faim ? Marie garde du bouillon au chaud pour toi.

Callia secoua la tête.

— J'ai trop mal à la gorge pour avaler de la soupe. Je veux te parler.

— D'accord, dit Marguerite en remettant le linge dans la bassine de porcelaine. Mais tu devrais te reposer.

– Où est-il ?

– Qui ? demanda Marguerite, un sourcil froncé. Gérard ?

– Non, toussota Callia en respirant difficilement, Monsieur Bordeaux.

– Kane ? demanda Marguerite en observant les ombres allongées de l'après-midi à la fenêtre. Il sera ici sous peu.

– Pas avant le coucher du soleil.

Marguerite déglutit et hocha la tête. De quoi exactement Callia se souvenait-elle de cette soirée ?

– Antoine lui a planté un pieu de bois dans la poitrine et il n'en est pas mort.

– Tu devrais te reposer, Callia, dit Marguerite en tendant la main vers la bassine dans le but de changer de sujet de conversation.

Elle avait à peine vu Kane sauf pour obtenir les médicaments et les élixirs qu'il apportait pour sa cousine. Il patrouillait dans la ville en quête d'Antoine.

Callia tressaillit, s'efforçant de s'éclaircir la voix.

– Ce n'est pas un homme, mais il n'est pas un vampire comme Antoine.

Marguerite soupira et jeta un regard par-dessus son épaule pour s'assurer qu'elles étaient seules.

– C'est un marcheur nocturne. Il évite la lumière du jour et se sustente de sang, tout comme Antoine. Toutefois, apparemment, il ne peut pas être tué comme un vampire.

Callia sortit sa main de sous la couverture et la posa sur celle de Marguerite, le regard intense et clair.

– Il m'a sauvé la vie.

– En effet, dit Marguerite en posant un baiser sur son front.

— Alors il n'a rien d'Antoine, dit Callia en refermant les yeux. Tu en es amoureuse ?

Marguerite toussota de surprise.

— Repose-toi maintenant. Lorsque tes poumons seront dégagés, nous commencerons notre nouvelle vie de l'autre côté de l'océan.

Elle battit des cils, et Callia lui serra la main.

— Nous n'avons plus besoin de nous cacher. Monsieur Bordeaux nous protégera d'Antoine.

Les yeux de Marguerite se remplirent de larmes.

— Je ne peux pas rester ici, Callia. Chaque soir, je me demande qui est mort pour permettre à Kane de vivre, dit-elle d'une voix hésitante. Chaque homme qui me plaît s'avère être un monstre. D'abord mon père, puis Antoine. Je ne resterai pas pour voir Kane devenir quelqu'un que je dois craindre.

Callia toussa, la main sur la poitrine, puis elle ouvrit de nouveau les yeux.

— Je vois sa façon de te regarder. Il tient à toi, dit-elle en déglutissant péniblement. Tu es peut-être plus âgée que moi, mais je connais ton cœur, cousine. Tu devrais écouter ce qu'il te dit.

Sa respiration se transforma en un sommeil paisible, et Marguerite retira sa main pour s'essuyer les yeux. Elle posa les bras sur le bord du lit et soupira. Son cœur l'avait trahie trop souvent déjà.

Pourquoi devrait-elle lui faire confiance maintenant ?

La porte s'entrouvrit et Marguerite leva la tête. S'était-elle assoupie ? La lueur des chandelles valsa sur le mur, et Kane entra avec un plateau en argent. Il le posa sur la table, ferma la porte et revint à ses côtés.

— J'ai apporté de la soupe et des croissants frais, dit-il en s'assoyant devant elle. Tu es si affairée au chevet de Callia que tu oublies de prendre soin de toi.

— Merci, dit-elle en portant une cuillérée de soupe crémeuse à sa bouche pour souffler doucement dessus afin de la refroidir. Ça sent délicieusement bon, dit-elle en prenant une cuillérée et en gémissant. Et ça goûte encore meilleur.

Kane sourit, et le pouls de Rita s'emballa. Elle avait presque oublié combien il était superbe quand il souriait.

— Je ne peux en prendre les honneurs. Je ne suis que le livreur des créations de Marie.

— S'il te plaît, transmets-lui ma reconnaissance.

Il hocha la tête et jeta un regard à Callia.

— Va-t-elle mieux ?

Marguerite déchira un bout de croissant et hocha la tête.

— Je le crois. Le médecin a dit que tant qu'elle ne fait pas de fièvre, elle devrait s'en remettre.

— J'aimerais pouvoir en faire plus pour elle, dit-il à voix basse. Et pour toi.

Le regard de Kane croisa celui de Marguerite et, pendant un instant, il eut l'impression de pouvoir voir à travers son âme.

— Merci pour toute ton aide. Callia ne serait pas là sans toi.

Il tendit la main par-dessus la table pour prendre celle de Rita, et son toucher provoqua une décharge électrique dans le sang de Marguerite.

— Je serai toujours là pour venir à ton secours.

Elle retira sa main, son cœur déjà attristé de l'interruption du lien.

— Antoine m'a déjà sauvée, dit-elle les yeux rivés sur sa cousine endormie. Mon père s'est mis à boire après la mort de ma mère lors de la naissance de mon frère. Le bébé est mort en moins d'une semaine. En grandissant, mon père a dit que je ressemblais à ma mère. Alors, il me battait. Régulièrement.

» Antoine a acheté un cheval que mon père avait dressé. Il a remarqué mes blessures et..., poursuivit-elle en soupirant et en levant les yeux vers lui. Je te raconte ceci parce qu'Antoine n'a pas toujours été le monstre qu'il est devenu. Je ne peux pas voir un autre homme auquel je tiens devenir l'ombre hideuse de lui-même. Je ne peux concevoir de vivre de nouveau avec un monstre.

— Est-ce pour cette raison que tu restes tapie dans cette chambre ? dit Kane en se levant, les sourcils froncés. Ces hommes sont des faibles. Je ne suis *pas* ton père, et je ne suis *pas* Antoine.

Il se dirigea vers la porte et s'arrêta sans même se retourner.

— On m'a traité de bien des noms au fil des siècles, mais jusqu'à maintenant, personne n'avait osé me traiter de monstre.

» Je t'offrirais le monde si je le pouvais, dit-il en ouvrant la porte et en jetant un coup d'œil par-dessus son épaule. Mais on a fait de moi un marcheur nocturne. Je ne serai jamais un homme mortel. Pas même pour toi.

• • •

Un combat fit rage en Kane, et le jaguar grogna de frustration. Il n'avait toujours pas trouvé le vampire. Chaque nuit, il le pourchassait, fouillant les ruelles sombres où un vampire pourrait se sustenter, ouvrant son esprit aux pensées des mortels, à l'affût de tout signe de ce suceur de sang.

La maison d'Antoine avait complètement été ravagée par le feu. Tout Paris croyait qu'il avait péri dans l'incendie. Seuls lui et Rita connaissaient la vérité.

Jusqu'à ce qu'il abatte le vampire, il ne pouvait être certain de la sécurité de Rita.

Il était dehors devant la stalle de Kukulkan, à caresser le cou de l'étalon, le regard fixé sur la seule fenêtre allumée de la maison. La chambre de Callia. Il ne pouvait accepter que Rita se retire de sa vie. La voir saigner et être victime du vampire ce soir-là avait éveillé en lui ses échecs antérieurs à protéger les gens qui se tournaient vers lui pour leur sécurité. Elle aurait pu mourir.

Cette idée laissait planer une crainte sur son existence.

Il frotta la cicatrice qu'il avait sur la poitrine. La corne de peau lui rappelait éternellement son inaptitude à sauver son peuple. Il ne restait que cette trace sur sa chair immortelle.

Lorsque la démone avait traversé dans le monde des hommes pour massacrer le peuple maya, Kane n'avait pas été en mesure de trouver le moyen de l'arrêter. Il l'avait plutôt attaquée, sachant très bien qu'il ne pouvait pas remporter le combat.

Mais il devait bien faire *quelque chose.*

Son incapacité à protéger son peuple de l'appétit de la démone lui avait donné son premier avant-goût de la véritable peur. Cette peur s'était transformée en une frustration amère et une colère pure qui avaient permis à ses émotions de décider pour lui.

Le simple fait de combattre un ennemi imbattable était préférable à ne rien faire du tout.

En fin de compte, ses efforts l'avaient mené sur un bateau qui traversait l'océan vers la France. Après cette nuit, celle de la grande séparation, les quatre frères immortels s'étaient éparpillés aux quatre coins de la planète. Il n'avait jamais revu ses frères.

Dès qu'il avait vu Rita en péril, tous ses échecs passés étaient revenus lui rappeler que rien ne pouvait la sauver. En fin de compte, la mort la lui subtiliserait, peu importe la façon dont il tenterait de la protéger.

C'était suffisant pour le rendre cinglé.

Son cœur imparfait, apparemment, n'était pas étranger à la folie. Son cœur voulait passer chaque moment de vie qui restait à Rita en sa compagnie, à la chérir, à l'aimer.

L'amour.

Il avait tenté de nier ses sentiments et de respecter la distance qu'elle avait installée entre eux pendant qu'elle prenait soin de sa cousine. Aimer une mortelle, savoir qu'il allait éventuellement la perdre, le blessait plus qu'il ne l'aurait cru possible pour un immortel.

Mais se refuser ses caresses, le parfum de ses cheveux, sa volonté farouche… Cela lui ferait plus de mal de ne pas l'aimer alors qu'il en avait l'occasion. Comment pourrait-il la laisser partir, sachant maintenant comment elle s'insérait bien dans ses bras, connaissant son sourire de béatitude après avoir fait l'amour ? Une nuit ne lui suffirait jamais.

Kane fit les cent pas au milieu de la grange. Kukulkan suivait ses mouvements de la tête, les oreilles tournées attentivement vers son maître.

— Si je la laisse partir maintenant, je le regretterai pour l'éternité, mais si je m'abandonne à mes sentiments pour elle, la voir vieillir et savoir que sa mort est inévitable…, dit-il en secouant la tête et en se dirigeant vers son cheval. Elle ira dans ce monde où je ne peux pas la suivre.

Les mots s'étouffèrent dans sa gorge tandis qu'il caressait la tête de Kukulkan. Son cheval posa son museau contre sa poitrine.

— Je ne sais pas si je suis assez solide pour l'amour, mon ami.

Il caressa le cou épais de son frison.

— Ce n'est pas comme si elle voulait de mon amour, dit-il, la voix teintée d'amertume et y prenant plaisir, comme si cela pouvait l'empêcher de souffrir. Elle me considère comme un monstre. Le dieu de l'est est tombé bien bas pour permettre à une mortelle de me juger. Je suis un marcheur nocturne. Je soutiens le monde des mortels ; je le protège.

Kane caressa Kukulkan sous la mâchoire jusqu'à ce que la lèvre supérieure de l'étalon tressaille de plaisir.

— Peut-être est-ce justement cela qui me fascine. Rita est un casse-tête de contradictions. Elle donnerait sa vie pour sauver celle de sa cousine, et pourtant, elle n'a aucun regret à voler la bourse d'un homme. Ou sa montre.

Le souvenir de cette nuit le fit sourire.

— Elle s'inquiétait que ce bon à rien de vampire me fasse du mal, dit-il en s'appuyant contre la porte de la stalle de l'étalon, qui semblait l'encourager comme s'il comprenait tout ce que Kane disait. Personne, outre mes frères immortels, ne s'est déjà préoccupé de mon bien-être.

L'étalon le poussa doucement du museau.

— Tu es une oreille attentive, mon ami.

Kukulkan répondit en éternuant sur Kane, qui éclata de rire malgré lui, accueillant cette pause dans ses tourments.

Demain, il tenterait de parler à Rita. Avec un peu de chance, elle l'écouterait aussi bien que son cheval. Le coin de sa bouche remonta légèrement. Ce ne serait pas aussi facile avec elle.

Cette volonté farouche était l'une des raisons pour lesquelles il l'aimait.

• • •

Marguerite s'éveilla éreintée et désorientée dans son fauteuil. En s'étirant, elle fronça les sourcils et jeta un œil autour d'elle dans la chambre. La chambre de Callia. Il faisait encore noir dehors, mais on pouvait entendre la bouilloire siffler en laissant échapper de la vapeur.

Elle se tourna vers sa cousine, et son cœur défaillit. Sous la faible lueur de la lampe à l'huile, elle vit que sa peau luisait de transpiration. Marguerite s'approcha de son chevet et posa la main sur le front de sa cousine.

De la fièvre.

Augmentant l'intensité de la lampe, elle regarda fixement le visage émacié de Callia, et ses yeux se remplirent de larmes. Les paupières de Callia étaient décolorées, d'une teinte bleu-gris qui n'avait rien à voir avec la peau fraîche. Marguerite prit la bassine et sortit de la chambre sans faire de bruit. À la cuisine, elle vida la bassine et la remplit d'eau fraîche. Elle alimenta le poêle en espérant que les flammes réchauffent rapidement l'eau.

Gérard arriva en trottant, portant sa robe de chambre.

— Puis-je vous aider ?

Marguerite hocha la tête en s'efforçant de ne pas pleurer.

— Callia a de la fièvre, et sa respiration difficile est sifflante comme une bouilloire.

— Je vais aller chercher le médecin, dit Gérard en s'empressant, plus du tout l'air endormi.

— Merci, Gérard.

Marguerite s'enveloppa les mains de linges de cuisine pour ne pas se brûler en prenant la bassine, et retourna rapidement au chevet de Callia. Elle trempa un linge dans l'eau et essuya la sueur fiévreuse des sourcils de sa cousine.

— S'il te plaît, Callia, reste avec moi.

Le bruit du linge trempé dans la bassine et essoré fut réconfortant. Il l'empêchait d'entendre la difficulté avec laquelle Callia respirait.

— Gérard est parti chercher le médecin. Il sera ici sous peu avec un élixir pour t'aider à respirer.

Callia se mit à frissonner, ses dents s'entrechoquant. Marguerite se précipita vers le foyer et piqua dans les cendres jusqu'à ce que des flammes s'élèvent. Elle y ajouta une bûche et observa les étincelles.

La chaleur se répandit dans la pièce. Marguerite replaça le tisonnier contre le foyer et revint au chevet de Callia, la trouvant les yeux ouverts.

— Cousine ?

Marguerite s'approcha pour entendre sa voix basse et rauque.

— Je suis là, Callia.

Elle attrapa les mains de Marguerite. Sa peau était moite.

— Les anges vont venir me chercher.

— Non, dit Marguerite en retenant ses larmes. Tu es forte. Le médecin te guérira.

Callia secoua la tête.

— Je ne peux reprendre mon souffle, dit-elle en prenant de petites inspirations haletantes. Ma poitrine me brûle. Je ne veux pas vivre dans cette souffrance.

Une larme glissa sur la joue de Marguerite.

— Le médecin soulagera tes souffrances.

Elle pressa ensemble ses lèvres bleutées, et les ouvrit de nouveau, haletante. Ses yeux verts errèrent jusqu'à ce qu'ils se fixent sur ceux de Marguerite.

— T'es-tu déjà demandé comment c'était ?

— Je ne suis pas certaine de savoir ce dont tu parles.

— D'être comme Kane ? De n'être jamais malade, de ne jamais mourir…

Marguerite haussa les épaules.

— Je n'y ai pas songé, dit-elle en serrant les mains de sa cousine, triste intérieurement à penser qu'il s'agissait peut-être là de leur dernière conversation. Ce serait probablement très ennuyant.

Elle haleta, sifflant avant de murmurer :

— Pourquoi donc ?

— Alors que tu vivrais, tout le monde autour de toi mourrait.

Callia hocha doucement la tête.

— À moins d'avoir un compagnon.

Marguerite lui essuya le front.

— Kane a déjà mentionné ses frères immortels, mais il ne les a pas vus depuis des centaines d'années.

— Tu ne me comprends pas, dit-elle, presque souriante. Tu pourrais être amoureuse sans jamais devoir dire adieu.

Marguerite soupira.

— Dieu ne voulait pas que nous demeurions dans ce monde.

– Comment peux-tu… prétendre savoir… ce que Dieu veut… pour nous, dit Callia en fermant les yeux. Je t'aime, cousine.

Marguerite étouffa un sanglot. Elle se pencha pour poser un baiser sur le front de Callia.

– Je t'aime aussi, cousine.

Callia hoqueta en quête d'oxygène, son corps combattant, au bord de l'épuisement. La poitrine de Marguerite se serra. De toute évidence, la douleur et la souffrance ne faisaient pas partie des projets de Dieu. Son esprit fut tourmenté par des questions sans réponse. Si Dieu avait créé le monde des hommes, aurait-il également pu créer celui des immortels ?

Et où s'inscrivait-elle ?

Chapitre 11

Le médecin utilisa tous les remèdes qu'il avait dans son sac de cuir, mais vers midi, Gérard alla chercher le prêtre pour administrer les derniers sacrements à Callia. De ses doigts noueux et tremblants, le prêtre fit le signe de croix au-dessus de sa cousine en psalmodiant des prières en latin. Des larmes trempaient les joues de Marguerite tandis qu'elle murmurait le Notre Père.

Le prêtre offrit quelques paroles de réconfort avant de partir sans faire de bruit.

Marguerite regarda fixement le visage de Callia, l'incitant à continuer de respirer.

— S'il te plaît, Callia. Ne pars pas.

Elle se mordilla la lèvre inférieure, tentant de retenir ses larmes.

— Te souviens-tu quand nous étions petites ? Nous allions grandir et épouser des princes et chevaucher de magnifiques chevaux blancs ? murmura-t-elle en prenant la main froide de Callia dans la sienne et en reniflant. Tu me manques déjà. Je ne suis pas prête à me retrouver seule au monde, cousine, ajouta-t-elle en reniflant, la voix brisée. Sans ton rire, sans ton sourire, le soleil ne sera plus aussi éclatant.

La respiration de sa cousine se fit de plus en plus pénible, par de petites inspirations difficiles, avant de s'arrêter brusquement.

Le cœur de Marguerite s'emballa. Elle lui serra la main.

— Callia ? Callia… non, mon Dieu, ne me la prenez pas, dit-elle en serrant dans ses bras le corps frêle et sans vie de sa cousine. Je t'aime.

Les heures passèrent, sans qu'elle sache combien de temps s'était écoulé. Marie entra dans la chambre et mit un bras rassurant autour des épaules de Marguerite.

— Les vêpres commenceront sous peu. Souhaiteriez-vous que j'allume un cierge pour elle ?

Marguerite accepta le réconfort, séchant les larmes de son visage. Depuis l'attaque d'Antoine, ses prières étaient confinées dans cette chambre. Peut-être que sa présence dans le sanctuaire lui apporterait une certaine paix.

— Non, j'irai.

Elle se leva, surprise de la douleur qui parcourait son corps. Une vague d'étourdissements la submergea, et elle porta la main à son front. Voir Callia sans vie sur le lit tenait du mauvais rêve, comme si elle pouvait s'éveiller à tout moment.

— Je suis désolée, cousine, murmura-t-elle en embrassant son front.

Elle se retourna pour partir et fut prise d'un vertige soudain, qui lui brouilla la vue.

— Êtes-vous certaine ? demanda Marie en se dirigeant vers elle, les sourcils froncés.

Marguerite la chassa du revers de la main.

— Oui, j'irai. Callia aurait voulu que je prie.

Elle se dirigea vers la porte, plaçant consciencieusement un pied devant l'autre. Chaque pas l'éloignait de sa perte.

Deux robes noires étaient posées sur son lit en attente du choix de celle qu'elle porterait pour aller à l'église Notre-Dame. Les voir ainsi étalées provoqua une nouvelle vague de pleurs. Elle s'habilla sans bruit, sans prendre le temps de mettre un corset. Sa première robe de deuil avait été pour sa mère, suivie de près par son bébé frère. Des années plus tard, elle s'était de nouveau retrouvée vêtue de noir pour son père.

Et maintenant pour Callia.

Il ne lui restait plus personne.

Les mains tremblantes, elle releva ses cheveux et posa un voile de deuil sur ses boucles blondes. Avant de baisser le voile, elle ferma les yeux, inspirant lentement et profondément. Se concentrant, elle ouvrit les yeux et ajusta le voile. Elle survivrait, comme toujours.

Après les vêpres, Marguerite erra derrière l'autel principal de Notre-Dame. Au fond de la cathédrale, elle s'arrêta devant la chapelle absidale de Notre-Dame-des-Sept-Douleurs. Elle leva les yeux vers le visage serein de Marie, souhaitant la paix et un baume pour son cœur blessé.

Marguerite soupira et se dirigea vers les cierges. Déposant une pièce de monnaie, elle alluma un cierge en mémoire de Callia avant de s'agenouiller pour prier. Tandis qu'elle étalait sa douleur et ses préoccupations devant Dieu, elle sentit une présence à ses côtés.

Elle jeta un regard sur sa droite et reconnut le col ouvert, la peau cuivrée et la forte mâchoire. Se tournant vers lui, elle murmura :

– Comment est-ce possible ? Tu es en territoire sacré sous la croix.

À genoux à côté d'elle, Kane s'approcha de son oreille.

– Ta religion n'a aucun pouvoir sur moi, dit-il en se redressant, avant de s'approcher de nouveau. Je ne suis *pas* un vampire, Rita.

L'agitation dans sa voix lui fit oublier son cœur lourd pendant un moment.

– Que fais-tu ici ? murmura-t-elle sans le regarder.

– Je suis venu dès que j'ai su, dit-il en posant ses grandes mains sur les siennes. Je suis désolé de ne pas avoir pu la sauver pour toi.

– Je suis heureuse que tu aies essayé, dit Marguerite en déglutissant péniblement. Mais pourquoi es-tu ici ? Tu n'es pas croyant.

– Toi, oui. Je suis venu parce que…

Sa voix s'étouffa jusqu'à ce qu'elle se retourne pour croiser son regard. Il glissa la main sous le voile pour lui caresser la mâchoire d'un doigt. Sa caresse la réconforta plus qu'elle ne l'aurait cru possible.

– Parce que je voulais que tu saches que tu n'es pas seule au monde.

– Merci, dit-elle alors qu'une larme coulait sur sa joue et qu'elle avait le regard fixé sur la flamme du cierge.

Elle pencha la tête pour prier, et Kane resta à ses côtés en silence pour la soutenir alors que son univers s'effondrait.

• • •

Lorsqu'elle se releva, il lui offrit son bras. Kane mena Rita vers une auberge et l'installa à une table dans le coin près du feu. Elle avait passé les deux dernières semaines à prendre soin de sa cousine, et il s'inquiétait pour elle. Elle semblait frêle. Il commanda un bol de ragoût et un verre de vin.

Elle leva le voile et le repoussa par-dessus son chapeau tout en le dévisageant. Il pouvait presque voir son esprit au travail et lutta contre l'envie de fouiller ses pensées. Après avoir pris une gorgée de vin, elle s'adossa à sa chaise.

— Explique-moi comment il est possible que tu entres à Notre-Dame, mais pas Antoine.

En lui, il bouillonnait d'agacement.

— Pourquoi me compares-tu toujours à cette créature insignifiante ?

— Je tente de comprendre qui tu es et ce que tu es.

Il croisa les bras sur sa poitrine.

— J'en ai assez d'expliquer que je ne suis pas un monstre.

Elle leva son verre et fit tournoyer le vin.

— Je ne t'ai pas traité de monstre.

— Tu m'as vu dans la cathédrale, agenouillé à tes côtés, dit-il, s'efforçant de se rappeler que Marguerite était en deuil, mais c'était difficile alors qu'elle l'agaçait. Cela ne te suffit pas ?

Elle avala une bouchée de ragoût et leva les yeux pour croiser son regard.

— Pourquoi les vampires sont-ils maudits, mais pas les marcheurs nocturnes ?

Kane s'adossa à sa chaise, tentant de ne pas admirer sa ténacité.

— Les humains ne sont pas la seule race intelligente sur terre, Rita. Les esprits, les démons et les immortels déambulent parmi vous.

Sa cuillère planait au-dessus du bol, suspendue pendant un instant.

— J'imagine que c'est logique.

Il attendit que l'information prenne corps et s'attendit à davantage de questions, mais elle hocha finalement la tête et prit son verre de vin.

— Dis-moi comment il se fait que tu puisses aller où les vampires ne peuvent pas.

— Vlad a créé la race des vampires en entrant en contact avec un esprit immortel en quête de chair. Il était persuadé d'avoir vendu son âme au diable, mais je te jure qu'il existe de nombreux démons prêts à négocier avec un mortel pour pouvoir utiliser sa chair.

— Alors, tu ne crois pas que ce soit le diable en personne qui ait donné l'immortalité aux vampires ? dit-elle en jetant un regard autour d'elle tout en parlant à voix basse.

— Je n'ai jamais rencontré le diable en personne, mais le démon qui coule dans le sang de Vlad a une véritable aversion pour les symboles religieux.

— Mais pas toi ?

Un demi-sourire se dessina sur ses lèvres.

— Je n'ai pas de problème avec un Dieu qui offre la paix à son peuple, dit-il en tendant la main par-dessus la table pour attraper sa main libre. Finis ton repas. J'ai quelque chose à te montrer.

Il régla l'addition et lui prit la main, prisant la chaleur de ses doigts entrelacés aux siens. Dehors, Kukulkan piaffait, secouant la tête. Rita lui caressa le cou, et Kane la hissa avant de monter en selle derrière elle. Un bras autour de sa taille, il prit les rênes et dirigea Kukulkan vers les collines entourant Paris.

Une fois au lac, Rita s'appuya contre la poitrine de Kane, et il se pencha pour poser un baiser sur ses cheveux. Le parfum de Rita calma le jaguar en lui.

— Est-ce là ce que tu voulais me montrer ?

Kane descendit de cheval et tendit les bras pour aider Rita à descendre.

— Pas tout à fait.

Il la prit par la main et la mena sur l'herbe au bord de l'eau. Ils s'assirent, et le regard de Rita croisa celui de Kane. Cela lui faisait mal de voir la douleur dans les traits de Rita.

— J'aurais voulu pouvoir sauver Callia pour toi.

Les yeux de Rita s'emplirent de larmes, mais elle les refoula.

— Je le sais. Tu m'as donné plus de temps avec elle.

Il hocha la tête.

— Peut-être.

Le regard fixé sur le reflet de la lune sur l'eau, il lui demanda :

— As-tu toujours envie de partir vers le Nouveau Monde ?

Elle serra sa main, puis se libéra de son emprise. Le cœur de Kane l'élançait comme si le vampire l'avait frappé de nouveau.

— J'aimerais le savoir. L'avenir dont je rêvais… Tout est différent maintenant.

Kane se leva et marcha vers l'eau, tentant de faire la part des choses. Il ne voulait pas qu'elle parte, mais pouvait-il lui demander de rester ? Il ne s'était jamais senti si… anxieux. Jamais.

— Avant que tu ne prennes ta décision, il y a quelque chose que j'aimerais partager avec toi, dit-il en se tournant vers elle. Je savais que tu aurais trop de questions et je me suis dit qu'il serait préférable de te montrer.

Il prit une profonde inspiration, appelant l'énergie environnante tout en invitant l'esprit du jaguar à le rejoindre.

• • •

Marguerite fronça les sourcils et bondit sur ses pieds. L'air autour de Kane prit vie, lui dressant les poils des bras et du cou. Elle se frotta les yeux, incapable de traiter ce dont elle était témoin. Le corps de Kane sembla fondre et se métamorphoser de celui d'un homme à celui d'un gros félin doré taché de noir. L'électricité se dissipa, et elle se retrouva debout devant un imposant félin aux dents effilées.

Le félin fit les cent pas au bord du lac jusqu'à ce qu'il se retourne pour croiser son regard. Elle resta figée sur place, incapable de respirer. Sans un bruit, il fit un pas vers elle. La créature racée s'approcha, reniflant ses pieds. Le cœur de Marguerite lui martelait les oreilles, mais elle lutta contre l'envie de fuir. En son for intérieur, elle savait qu'il devait s'agir de Kane. *Impossible.*

Elle avait toutefois été témoin de la métamorphose.

Craignant de perdre la tête, elle tendit une main tremblante. Le félin s'assit devant elle et frotta sa tête contre sa main tendue. Elle n'avait jamais touché quelque chose d'aussi doux, d'aussi lisse. Tandis qu'il se frottait contre elle, elle remarqua ses yeux d'un bleu profond.

Les yeux de Kane.

Marguerite s'agenouilla devant cette bête sauvage qui pouvait la déchiqueter. Peut-être était-elle plus cinglée qu'elle ne le croyait.

Prudemment, elle leva l'autre main pour caresser le félin derrière les oreilles.

– Kane ? Est-ce vraiment toi ?

Le chat poussa un peu ses mains, soufflant un peu en guise de réponse. Elle éclata de rire.

– Tu es… superbe, dit-elle en lui caressant l'échine, se délectant de sa douceur. Comment est-ce possible ?

Le félin s'immobilisa, les oreilles en mouvement. Instinctivement, Marguerite fit de même, penchée près de lui, la main posée sur ses côtes. Elle scruta l'obscurité. Près des arbres, un mouvement attira son attention. Kukulkan piaffait sur place de ses lourds sabots.

Les oreilles du félin s'aplatirent, et ses lèvres s'ouvrirent pour exposer de formidables crocs. Il rugit, le bruit se répercutant par-delà le pré, et Marguerite poussa une exclamation de surprise lorsqu'un loup gris sortit de la forêt. L'animal agita la queue, mais fit volte-face et disparut dans la nuit.

Marguerite poussa un soupir de soulagement et s'assit.

– Peux-tu redevenir un homme ?

Le félin se pourlécha les babines en observant le loup avant de se retourner vers elle. Assise près de lui, elle sentit l'énergie émerger du corps du félin, l'air oscilla jusqu'à ce que sa forme commence à vaciller, presque liquide. Et Kane se retrouva assis à côté d'elle tout habillé.

Il fit un geste en direction des arbres.

– Tu as vu le loup s'enfuir ?

– Oui, dit Marguerite en s'efforçant de ne pas rire.

Il sourit et hocha la tête.

– Depuis que je suis dans ce pays, je n'ai pas osé me métamorphoser hors de chez moi. Si un mortel voyait un jaguar doré errer en France, il serait pourchassé et je serais forcé de trouver un nouvel endroit pour vivre.

— Et tes vêtements ?

Kane baissa les yeux vers sa chemise avant de la dévisager de nouveau.

— Lorsque l'animal prend le dessus, nous demeurons figés en lui. Lorsque nous reprenons notre forme, c'est comme si le temps s'était arrêté. Je portais ces vêtements avant la métamorphose et je me retrouve exactement pareil après la transformation.

Elle le regardait, fascinée par son superbe sourire, l'éclat de son regard si... vivant.

— Est-ce que vous vous métamorphosez tous en animal ?

— Chaque marcheur nocturne porte en lui un esprit animal qui fait partie de lui. Pendant des siècles, j'ai gardé le mien prisonnier des murs de pierre, dit-il en s'étirant, le corps ondulant de pouvoir. Je savais que le jaguar te protégerait, alors je pouvais me métamorphoser.

— Comment savais-tu qu'il ne m'attaquerait pas ?

L'expression de Kane s'adoucit, son regard se fixa au sien.

— Parce que je t'aime, Rita, dit-il.

Son cœur battait la chamade à ces mots.

Elle ouvrit la bouche pour répondre, mais Kane posa délicatement un doigt sur ses lèvres.

— Je voulais que tu saches tout de moi, sans aucun secret.

— Je..., dit-elle, les yeux brûlants de larmes.

Elle secoua la tête, tentant de reprendre ses esprits.

— L'amour ne changera rien à ce que nous sommes.

— Ce que nous sommes ne me préoccupe pas, dit Kane en lui prenant la main. Mon univers est bonifié par ta présence.

— Pour l'instant, mais ton univers est sans fin, dit-elle d'une voix brisée.

Quand la crainte s'était-elle transformée en amour pour lui ? Pire encore, si elle l'aimait véritablement, elle ne pouvait le laisser la voir disparaître tranquillement, se rapprocher d'une mort qu'il ne connaîtrait jamais.

Elle leva sa main à ses lèvres et y posa un baiser.

— Quels seront tes sentiments lorsque je serai âgée et grisonnante ? Qui te réconfortera lorsque je ne serai plus là ?

Kane la regarda fixement un moment. Sans un mot, il se leva et marcha vers le lac.

— Tu crois qu'il serait préférable de fuir plutôt que de tenter notre chance à l'amour ?

Les mots de Kane l'interpellaient. Il l'aimait, et elle l'aimait, mais il ne serait pas en mesure de la préserver du temps. L'âge s'emparerait de leur amour, et il se retrouverait seul, et blessé.

Par sa faute.

Le clair de lune jetait une ombre allongée sur ses larges épaules. Elle connaissait chaque centimètre de son corps musclé, et elle avait envie d'aller vers lui, de mettre ses bras autour de lui et de le serrer contre elle.

Mais elle s'efforça de garder ses distances.

— Toute une vie pour moi n'est qu'un clignement d'yeux pour toi.

Il fit volte-face.

— C'est *mon* problème, pas le tien. Il me serait plus pénible de te savoir vivante sans pouvoir te caresser ou entendre ta voix. Laisse-moi t'aimer pour le temps que nous avons ensemble. Ce sera un cadeau précieux, pas un fardeau.

Il s'approcha et s'agenouilla devant elle, prenant son visage dans ses mains, exigeant son regard.

– Je veux que tu restes avec moi, dit-il presque en un murmure. Épouse-moi, Rita.

Marguerite fut enveloppée de chaleur et d'amour, et toute résolution s'envola.

– Je ne veux pas que l'éternité te soit insupportable. Je ne veux pas te faire de mal.

Les lèvres de Kane formèrent un sourire séduisant juste pour elle. Il lui pencha la tête et s'approcha jusqu'à murmurer contre ses lèvres :

– Alors, dis-moi oui.

Chapitre 12

Kane s'empara des lèvres de Rita, les caressant, la goûtant, jusqu'à ce qu'elle réponde à son affection. Le grognement de Kane lorsqu'elle lui rendit la pareille donna des chaleurs à Marguerite, qui glissa ses doigts dans la chevelure de Kane et passa son bras autour de son cou pour se blottir fermement contre lui.

La langue de Kane caressait la sienne, interpellant tout son corps. Comment pourrait-elle partir ? Elle le regretterait toute sa vie.

À moins que…

Les mots de sa cousine résonnèrent dans son esprit : « Tu pourrais l'aimer sans jamais avoir à dire adieu. »

Marguerite rompit le baiser et murmura :

— Fais-moi comme toi.

— Pardon ? sourcilla Kane en reculant.

Son cœur s'emballait… de crainte et d'espoir.

— Les vampires peuvent transformer les autres. Fais de moi une marcheuse nocturne comme toi.

Il parut étonné. Elle attendit une réponse de sa part. Finalement, il lui prit la main, lui caressant les jointures du pouce.

— Tu ne comprends pas ce que tu me demandes. Tu as vu la mort venir chercher ta cousine. Il est compréhensible que tu ne veuilles pas subir le même sort.

Elle libéra sa main de la sienne, puis serra les poings de chaque côté d'elle.

— J'ai peut-être perdu ma belle Callia, mais je ne suis pas une femme faible d'esprit que tu peux dorloter, dit-elle, fâchée, en secouant la tête. Je sais *très* bien ce que je te demande. Ma cousine était mon dernier lien avec ce monde. Est-ce mal de désirer partager le tien ? J'aurais cru que cela te ferait plaisir.

— Je t'aime comme tu es, dit-il en rejoignant son cheval. Je ne souhaite pas que tu abandonnes ta vie sans bien y réfléchir.

Il se retourna vers elle.

— Je t'ai entendu dire à Antoine que tu n'avais pas peur de vieillir. Il t'a proposé l'immortalité, et tu considérais cela comme inhumain.

— Mais maintenant j'ai compris l'inhumanité de la mort.

Il soupira et secoua la tête.

— Je ne te mentirai pas, savoir que la mort ne pourrait pas te voler à moi me réconforterait, mais pour cette raison, nous devrions attendre. Réfléchis, Rita.

Elle lutta contre l'envie de réagir. Maintenant qu'elle avait pris une décision, elle voulait le faire avant de changer d'idée.

Et c'était exactement la raison pour laquelle Kane voulait attendre.

Elle leva les yeux au ciel.

— Combien de temps devrons-nous attendre ?

— Pleure ta cousine, dit-il en la soulevant pour la mettre en selle avant de monter derrière elle, de glisser un bras solide autour de sa taille et de poser un léger baiser sur ses cheveux. Prends le temps de soupeser ton choix. Il n'y aura pas de retour en arrière possible.

Il lança son cheval au galop avant qu'elle n'ait le temps d'insister. Marguerite ferma les yeux, rejouant les événements de la soirée dans son esprit. La douleur de la perte de sa cousine, l'étonnement et l'incrédulité de découvrir Kane à l'intérieur de Notre-Dame puis d'assister à sa métamorphose en félin, et le plaisir de l'entendre lui déclarer son amour… toutes ces émotions se bousculaient en elle.

Avait-elle répondu à sa demande en mariage ?

Lorsqu'ils arrivèrent à l'étable, Kane bondit au sol et l'aida à descendre de selle. Elle leva les yeux vers lui, accablée de fatigue.

— Je ne t'ai jamais donné ma réponse.

Il se pencha pour l'embrasser, doucement, lentement et tendrement.

— Je te le redemanderai. Plus tard.

— Dans combien de temps ? murmura t elle dans le baiser.

— Plus tard, répondit-il en la prenant dans ses bras.

Marguerite glissa un bras autour de son cou, embrassant la peau exposée de sa poitrine hâlée.

« Il ne devrait jamais boutonner sa chemise. »

Lorsque ses lèvres atteignirent la base de son cou, la voix de Kane se fit rauque :

— Tu es une dangereuse tentation.

Elle acquiesça d'un grognement contre sa peau, ses lèvres esquissant un sourire, savourant le fait que ses caresses le perturbaient. Une chaleur l'envahit malgré l'épuisement et le poids de la tristesse d'avoir perdu Callia. L'affection et le soutien de Kane lui donnaient des forces.

Kane la porta dans sa chambre, la posant sur le lit en duvet.

– Repose-toi bien…

– Toi aussi, mon amour, réussit-elle à articuler malgré la fatigue.

Les lèvres de Kane caressèrent son front avant qu'il ne sorte de la chambre.

• • •

Dès que le soleil plongea derrière l'horizon, la poitrine de Kane se gonfla d'air. Son cœur retrouva son rythme, et il cligna des yeux pour les ouvrir. Une chaleur s'installa en lui. Plutôt que de passer son temps à arpenter les ruelles sombres de Paris en quête d'Antoine ou d'un autre vaurien, il passerait la soirée avec Rita.

De se sentir seul sans elle depuis la nuit au lac l'étonnait toujours. Il était seul depuis des siècles, mais son amour avait tout bouleversé. Quelques jours paraissaient des mois. Il voulait la faire rire, la caresser, l'entendre lui raconter ce qu'elle avait fait durant la journée.

Ces petites choses devraient attendre.

Pendant des jours, il avait suivi la trace d'Antoine. Jusqu'à ce que le vampire soit mort, il ne pouvait garantir la sécurité de Rita. Mais sa quête s'avérait vaine. Même la lecture des pensées des mortels ne lui donnait aucun indice sur le vampire ou sur quelqu'un qui l'aurait vu depuis l'incendie.

Kane commençait à se demander si le vampire n'avait pas quitté Paris. *Bien.*

S'extirpant de son sanctuaire diurne, il trouva une veste et des pantalons noirs qui l'attendaient, posés sur le lit de duvet. Gérard avait également posé une cravate près de la chemise blanche. Kane secoua la tête en souriant. Gérard ne perdait pas espoir de transformer un jour son maître en gentilhomme. Repoussant la cravate, il s'habilla et noua ses cheveux à la base du cou.

En son absence, Rita s'était affairée. En tant qu'assistante d'Antoine Berjon, la communauté artistique se tournait vers elle pour organiser les funérailles à la suite de l'incendie. Elle utilisa ce qu'il lui restait de la fortune d'Antoine pour faire un don de charité en son nom à l'École des Beaux-Arts, où il avait formé de jeunes artistes du temps de sa mortalité.

Au cours des soirées, Kane l'avait observée au travail à son bureau, se servant de sa plume, et avait senti sa poitrine se gonfler de douleur en soupesant sa demande d'immortalité. De façon égoïste, il aurait aimé savoir qu'elle serait à ses côtés pour toujours. L'idée de partager son univers avec Rita pour l'éternité était la plus grande des tentations.

Et si elle regrettait sa décision ?

Il n'y avait pas de retour possible. L'immortalité entraînait souvent la folie. Il en avait été témoin chez les vampires. Les mortels apportaient dans l'éternité leur lot de faiblesses, de vices et d'insécurités. Les nuits sans fin exagéraient souvent leurs défauts. Rita en viendrait-elle à le détester de lui avoir volé le soleil et l'humanité ?

Sans mentionner qu'il n'avait jamais créé un autre marcheur nocturne. Il ne savait pas à quoi s'attendre. Il s'imaginait qu'un transfert de son sang entraînerait la métamorphose, transférant son immortalité dans le corps de Rita pour la changer à tout jamais.

Toutefois, il aurait aimé avoir une garantie que cela fonctionnerait. Si quelque chose tournait mal et qu'il devait la perdre, la culpabilité l'anéantirait.

Il l'avait évitée pendant quelques jours, se disant que Rita devait prendre le temps de soupeser ses choix sans qu'il n'exerce sur elle de pression. Gérard le tenait au courant des offres d'emploi qu'avait reçues Rita. Si elle choisissait de ne pas abandonner son humanité, elle serait en mesure de prendre soin d'elle-même sans son aide.

Cela ne l'empêchait toutefois pas d'espérer qu'elle choisisse plutôt de rester avec lui.

Il ne prenait pas le temps de se sustenter. En tant qu'ancien, son corps n'en avait pas besoin chaque soir. Ce dont il avait besoin, c'était de Rita.

Elle était debout près de la table, à parler avec Gérard. Elle se tourna vers lui, et il en demeura bouche bée un instant. Plutôt que le noir qu'elle portait pour le deuil de sa cousine, Rita portait une robe bleu royal, qui faisait ressortir ses yeux bleu clair. Les boucles de cheveux qui tombaient en cascade dans le dos de Rita incitaient Kane à y plonger la main tout en réclamant ses lèvres.

— Bonjour, sourit-elle en inclinant légèrement la tête.

Il traversa la pièce et lui prit la main.

– *Kíichpan*, dit-il.

Le mot lui avait échappé avant qu'il ne s'en rende compte. Sa langue maternelle lui semblait étrangère.

Rita et Gérard se dévisagèrent d'un air interrogateur.

— Bonjour, monsieur, dit Gérard en le saluant avant de disparaître à la cuisine.

Avant que Rita n'ait le temps de le questionner, Kane posa un baiser sur ses jointures et l'attira à lui, lui dérobant un doux baiser.

— La lune pâlira d'envie devant l'éclat de ta beauté.

— Quel flatteur, dit-elle en s'élevant sur la pointe des pieds pour lui voler un baiser, activant le pouls de Kane. Je suis certaine que les ragots courront à la vue de la couleur de ma robe, mais je refuse de porter du noir. Je sais qu'il n'est pas mort, et je ne pleure *pas* son trépas.

Le feu qui brûlait dans son regard le rassura.

— Je crois qu'il a quitté Paris. Personne en ville ne semble se souvenir de l'avoir vu depuis l'incendie de sa résidence.

— Tant mieux, dit Rita en glissant sa main dans le creux de son bras, levant les yeux vers lui. Après la cérémonie, peut-être pourrions-nous aller au lac ?

— J'aimerais cela, dit-il en posant une main sur celle de Rita.

Lorsqu'ils furent à Notre-Dame, Kane resta en retrait à l'arrière de l'église. Il n'était pas là pour rendre hommage à l'artiste ; il était là pour soutenir Rita alors qu'elle accueillait les amis du défunt et les aidait à se remémorer l'artiste et l'homme qu'avait été Antoine.

Après les hymnes et la messe, les amis du défunt sortirent de l'église. Rita resta devant pour allumer un cierge. Il se leva pour se diriger vers elle, mais quelque chose attira son attention dehors.

Le doux parfum du sang titilla ses narines par la porte.

Sourcils froncés, il se retourna pour explorer les alentours. À l'extérieur, il laissa ses sens le guider. Derrière l'église, il fit une pause et tendit son esprit vers celui de Rita.

« Reste à l'intérieur en lieu saint. Je reviendrai bientôt. »

• • •

Marguerite se figea sur place, étonnée d'entendre la voix de Kane dans son esprit. L'église s'étant vidée de paroissiens, la température chutait rapidement. Elle s'enveloppa dans son châle et jeta un œil en direction de la porte. En lieu saint.

Kane devait avoir trouvé Antoine. Immédiatement, elle se concentra et répéta le Notre Père continuellement dans son esprit. Si Antoine traînait en ville, elle ne voulait pas qu'il puisse lire dans ses pensées.

L'image macabre de la poitrine de Kane tachée de sang en raison du pieu planté dans sa chair lui parcourut l'esprit. Son pouls s'emballa. Elle ne pouvait rester là dans la cathédrale à attendre alors que Kane allait au-delà du danger pour elle. L'image de Callia couverte des morsures horribles d'Antoine la tourmentait, et Marguerite serra la mâchoire.

Ce n'était pas le combat de Kane.

C'était le sien.

Elle agrippa le crucifix qu'elle portait au cou, regardant autour d'elle dans la cathédrale en quête d'une arme potentielle. La bouteille en verre attira son attention, mais elle hésita. Voler les hommes nantis pour échapper au vampire ne heurtait pas sa conscience, mais elle était en ce moment dans la maison de Dieu.

Elle hésita un instant avant de décider que le Seigneur voudrait que quelqu'un arrête Antoine.

Avec une prière de pardon, elle fouilla dans l'armoire des cierges pour mettre la main sur un petit décanteur en verre. Versant l'huile qu'il contenait, elle se précipita vers la porte et remplit la bouteille d'eau bénite. À la porte, elle prit une grande inspiration et se calma. Kane ne confronterait pas Antoine seul.

Dehors, elle détacha son petit sac de sa taille et y mit un peu de terre. Elle ignorait si cela pouvait être utile, mais c'était techniquement de la terre sainte, alors cela ne pouvait pas faire de tort.

Marguerite s'empressa de contourner l'église, en espérant ne pas arriver trop tard.

Après avoir arpenté les ruelles de Paris pendant presque une heure sans trace de Kane ou d'Antoine, Marguerite soupira et rebroussa chemin. Peut-être qu'après tout, Kane n'avait pas retrouvé Antoine. Il était peut-être de retour à Notre-Dame à la chercher.

Les talons de ses bottes cliquetaient sur les pavés, le bruit du bois et du cuir résonnant dans la ruelle. Un bruit de solitude. Elle sourcilla en regardant les fenêtres noires. Il était trop tôt pour que les auberges soient fermées. Le brouillard oscillait autour de ses chevilles comme des serpents invisibles. Ses doigts se refermèrent autour du crucifix qu'elle portait, et elle accéléra le pas.

Le corset l'empêchait de respirer et elle commença à voir des étoiles. Une panique irrationnelle s'empara d'elle. Marguerite ralentit, s'efforçant de respirer profondément.

C'est le moment qu'Antoine choisit pour croiser sa route.

— Bonsoir, catin.

Sa voix fit tourner l'estomac de Marguerite. Elle leva le menton avec défiance, brandissant son crucifix.

— Recule, démon. Où est Kane ?

Antoine rit, mais recula tout de même d'un pas.

— J'espérais que tu le saches. Je le cherche.

— Tu le fuis, plutôt. Tu aurais dû quitter Paris alors que tu en avais l'occasion.

— Ton air querelleur m'a manqué, Marguerite, dit Antoine en la contournant.

Le clair de lune se refléta sur le poignard d'argent qu'il portait à la taille. Son œil de voleuse aguerrie fut attiré.

— Il y a quelqu'un que j'aimerais que tu rencontres.

— Tous ceux que tu connais te croient mort dans l'incendie, dit-elle le regard fixé au sien, dissimulant sa peur d'un sourire coquin. Ce soir, ils m'ont présenté leurs condoléances après ta messe funèbre.

— Il s'agit d'une *nouvelle* amie qui sait très bien que les rumeurs de ma mort sont fausses.

Les doigts de Marguerite tremblèrent.

— Je ne souhaite pas rencontrer quiconque qui apprécie ta compagnie.

— C'est bien dommage, car elle a hâte de faire ta connaissance, dit-il.

Il se tourna vers la porte d'une auberge.

— Suzette, viens me voir ma chérie.

Une femme sortit de l'ombre, et Marguerite fut bouche bée. Suzette sautilla pour rejoindre Antoine, une réplique presque parfaite de Marguerite. Suzette était de la même taille, de la même stature ; leurs cheveux étaient du même ton de blond. Seuls ses yeux la trahissaient, ils étaient bruns au lieu de bleus.

Un liquide foncé coula des lèvres de Suzette, et elle tira la langue pour le lécher.

Antoine glissa le bras autour de sa taille.

— En as-tu assez eu, chérie ?

— Je le croyais, mais elle dégage une de ces odeurs…, dit-elle en hochant la tête et glissant la main sur sa poitrine.

— Oui, je sais.

Marguerite observa l'attention d'Antoine se porter vers la femme à ses côtés. Antoine gonfla la poitrine comme un parent fier, à l'instar de son sourire suffisant. Son arrogance était une faiblesse dont elle pouvait tirer profit. S'approchant de lui, elle le tapota doucement sur la poitrine.

— Je ne dégage absolument pas d'odeur, dit-elle en glissant les doigts le long de sa chemise en tirant le poignard de sa ceinture. Tu adorais me humer.

Elle s'éloigna avant qu'il ne puisse l'enlacer, le poignard dissimulé derrière le dos.

Antoine se pourlécha les lèvres, tenant sa compagne étroitement enlacée.

— As-tu remarqué comment cette ruelle est devenue silencieuse ? dit-il en jetant un regard aux portes fermées et aux fenêtres closes avant de soutenir le regard de Marguerite. Sais-tu pourquoi ?

Avant que Marguerite ne puisse répondre, Suzette eut un grand sourire.

— Parce qu'ils sont tous morts.

Marguerite resserra son emprise sur le poignard.

La blonde s'écria :

— Je les ai mangés.

Elle sourit, affichant ses incisives pointues. De sa main libre, Marguerite fit le signe de la croix. Suzette grimaça :

— Oh, chéri, arrête-la.

Antoine rejeta la tête en arrière et éclata de rire.

— Ta foi ne pourra pas te protéger. Je t'aurais épargné la mort, mais tu as rejeté mon offre, dit-il en regardant la vampire blonde à ses côtés. Suzette a eu la sagesse de l'accepter. J'ai dû m'éloigner loin de Paris pour la trouver, mais cela en valait la peine, dit-il en regardant les fenêtres closes et en reniflant l'air. Les jeunes sont si assoiffés, si voraces.

La haine, la rage et le dégoût qu'il avait dans le regard provoquèrent des frissons chez Marguerite.

— Tu es devenu fou, Antoine.

Il secoua la tête.

— Pas du tout. J'ai accepté ton refus.

Avant même qu'elle ne puisse s'en rendre compte, il fut à ses côtés, ses lèvres froides pressées contre son oreille.

— Et quand elle se sustentera de toi, Suzette connaîtra chaque parcelle de toi qui me plaisait.

— Va au diable !

Marguerite lui planta le poignard dans le cou et s'enfuit. Suzette tendit la main vers elle et lui attrapa le poignet. Marguerite fit volte-face et lui lança de l'eau bénite au visage. La vampire la lâcha, poussant des cris aigus et se frottant les yeux.

— Antoine, aide-moi. Tout est noir.

Les yeux de la vampire étaient blancs comme ceux d'un aveugle, brûlés par l'eau bénite.

Antoine tira le poignard de son cou, tortillant la tête tandis que la plaie béante guérissait.

— Tout se termine ce soir.

— Bien d'accord, dit Kane en s'approchant de Marguerite, la main au creux de son dos.

— J'ai toujours su que les vampires étaient des lâches, mais ceci…, dit-il en désignant Suzette, qui rampait au sol en quête de son maître. Tu me fuis, puis tu envoies ta jeune suceuse de sang pour te protéger ?

Antoine aida Suzette à se relever.

— Tes yeux guériront, idiote, dit-il en tournant le regard vers Kane. J'ai planté un pieu dans ton cœur de mes propres mains. Comment as-tu pu survivre ?

— Assez de discussion, dit Kane en jetant Antoine au sol.

— Il a un poignard ! cria Marguerite.

Elle tenta de venir en aide à Kane, mais Suzette la frappa par-derrière. Elle fit tourner Marguerite pour lui faire face. Du sang lui coulait sur les joues et un de ses yeux demeurait laiteux.

L'estomac de Marguerite ne fit qu'un tour.

— J'ai si faim, dit Suzette en se pourléchant les lèvres, ouvrant la bouche pour mordre.

— Mange ceci ! dit Marguerite en fourrant le sac de terre de Notre-Dame dans la bouche de la vampire.

Suzette tomba au sol, entraînant Marguerite avec elle. Elle avait de la terre partout dans la bouche, ce qui l'étouffait. En crachant le sac, Suzette toussa et crachota. Elle se griffait le cou de sa main libre, le sang giclait entre ses doigts tandis qu'elle tenait toujours sa proie de l'autre main. Marguerite cria, tentant de se libérer de l'emprise de la vampire, détournant le regard du carnage de Suzette, qui se déchirait la gorge de sa main libre.

Marguerite arracha son bras de l'emprise de la vampire et s'éloigna du carnage en titubant. La gorge de Suzette gargouillait, mais elle était toujours en vie. Marguerite détourna le regard, et vit Kane et Antoine rouler sur les pavés, laissant une trace de sang derrière eux.

Pendant un instant, elle fut indécise. Elle voulait lui venir en aide, mais si Antoine l'attrapait, il s'en servirait pour faire du mal à Kane. Son esprit embrouillé s'éclaircit, et la détermination s'installa. Marguerite se précipita à l'intérieur de l'auberge.

L'odeur de la mort l'assaillit dès qu'elle ouvrit la porte. Elle eut un haut-le-cœur, tirant sur sa jupe pour se couvrir le nez et la bouche, reconnaissante de l'absence de lumière. Depuis combien de temps ces gens étaient-ils morts ? Elle avança à tâtons, jusqu'à ce qu'elle touche le dossier d'une chaise. Elle l'attrapa et tira dessus jusqu'à ce qui était dessus tombe au sol avec un bruit sec.

Elle ne voulait pas songer à ce que cela pouvait être.

De toutes ses forces, elle frappa la chaise contre le chambranle de la porte, faisant éclater le cadre de bois. Un autre coup, et la chaise éclata en pièces. À quatre pattes, elle farfouilla le sol en quête des morceaux. Dès qu'elle mit la main sur une patte, Marguerite se précipita de nouveau dehors dans la ruelle.

Baignée par le clair de lune, Suzette était sur le dos dans une mare de sang, haletante. Marguerite s'approcha, l'estomac à l'envers lorsqu'elle vit la colonne vertébrale de la vampire où sa gorge aurait dû être. Elle leva le pieu au-dessus de sa tête et frappa de toutes ses forces pour le planter dans la poitrine de la vampire.

Suzette poussa un cri inhumain, les mains s'ouvrant et se refermant jusqu'à ce que finalement son corps s'immobilise.

• • •

Kane sentit ses forces diminuer. Combien de fois le vampire l'avait-il poignardé avant qu'il lui fasse perdre son poignard ?

Trop de fois.

S'efforçant d'avoir un œil sur Rita, il était trop distrait pour abattre son opposant. Lorsqu'elle disparut à l'intérieur de l'auberge, il espéra qu'elle y reste cachée, mais dès qu'elle planta le pieu dans le cœur de la marionnette d'Antoine, il reprit ses esprits. Avec ce qu'il lui restait d'énergie, il donna des coups de pied et se tortilla pour s'extirper de sous Antoine.

Il s'assit à califourchon sur le vampire, l'immobilisant au sol.

— Ça suffit, dit Kane en plongeant la main dans la cage thoracique du vampire pour attraper le cœur noir de la bête.

Antoine écarquilla les yeux quand Kane retira sa main, sortant le cœur de sa poitrine.

La mort d'un marcheur nocturne.

Alors que le corps d'Antoine perdait toute coloration, que sa chair flétrissait, que ses cheveux blanchissaient et que ses membres s'atrophiaient, Kane tituba vers l'arrière, laissant le cœur glisser de ses mains. Rita se précipita vers lui, l'enlaçant par la taille.

— Tu es affaibli.

Il hocha la tête, soulagé de la savoir près de lui. En sécurité.

— J'ai besoin de me sustenter.

Rita porta son poignet à sa bouche.

— Alors, bois.

Il grimaça, secouant la tête tandis que son corps combattait la tentation.

– Tu as dit que tu ne te sustenterais pas à moi tant que je ne te le demanderais pas, dit-elle en offrant de nouveau son poignet. Maintenant, je te le demande. S'il te plaît, prends ce dont tu as besoin.

– Ce dont j'ai besoin, c'est de te savoir saine et sauve, dit Kane en essuyant le sang d'Antoine sur ses pantalons.

Il lui prit la main et inspecta sa paume égratignée avant de la porter à ses lèvres.

Elle tira sa main.

– Je ne te permettrai pas de soigner mes blessures alors que tu es faible.

– Mes blessures guériront, dit-il en la prenant dans ses bras un moment, chérissant sa proximité. Je t'avais demandé de rester en lieu saint.

Elle se défit de son étreinte.

– Tu n'as rien *demandé*, tu me l'as ordonné, dit-elle, les bras croisés et l'air revêche en signe de provocation. C'était mon combat, pas le tien. Je ne voudrais pas que mes mains soient tachées de ton sang.

– Et tu as résolu le problème en t'ensanglantant les mains, dit-il avec un serrement de poitrine.

Bien qu'incapable de suivre une directive simple, cette fragile femme extraordinaire s'était battue non seulement pour sa propre vie, mais pour la sienne également.

Elle leva un menton sale, l'air superbe malgré le sang et les meurtrissures.

– J'ai résolu le problème en tuant une vampire affamée.

Comment pouvait-il ne pas aimer cette femme ?

Rita esquissa un sourire coquin, le regard empreint de fierté.

— Viens, tueuse de vampires, nous avons beaucoup à faire.

Il laissa Rita en compagnie des coquilles blanches des vampires pour entrer dans l'auberge. Même sans la lueur des chandelles, Kane voyait très bien dans l'obscurité. Il y avait au moins une vingtaine de corps à différentes étapes de décomposition. Toutes les victimes portaient les mêmes marques de perforation à la gorge.

Il se faufila derrière le bar et trouva un décanteur de lampe à l'huile. Il leur faudrait brûler l'édifice avec les corps à l'intérieur. Il n'y avait aucun autre moyen de masquer la destruction des vampires. Renversant toutes les bouteilles d'alcool des rayonnages, il détrempa le sol et prit quelques allumettes. Le décanteur à la main, il gratta une allumette et la jeta au sol.

L'auberge s'embrasa.

Kane sortit en courant. On entendit le grondement du feu et du verre exploser.

— Vite, allons-nous-en.

Il rassembla les corps d'Antoine et de Suzette avant de les arroser d'huile à lampe.

— Qu'est-ce que tu fais ?

Il jeta un regard à Marguerite.

— Nous devons cacher les corps aux humains, dit-il en grattant une allumette pour la jeter sur les corps.

Des flammes éclatèrent, se nourrissant des restes des vampires.

Rita resta figée sur place, à regarder fixement la scène morbide. Kane la prit par la main.

— Le soleil se lèvera bientôt. Nous devons terminer tout cela.

Il sentit que son épuisement la figeait sur place. Son air provocateur n'était plus là, mais elle devait rester sur un pied d'alerte. Plaçant les allumettes dans sa main, il la guida de l'autre côté de la rue et lui dit :

– Je vais aller verser de l'huile. Attends-moi avant de gratter l'allumette.

Elle hocha la tête, sans répondre. Kane posa un baiser sur son front.

– C'est presque terminé.

Ils brûlèrent trois commerces. Antoine et Suzette s'étaient nourris de près d'une centaine de personnes. Une centaine de vies qui auraient pu être sauvées s'il avait trouvé le vampire plus tôt. L'amertume lui tourna l'estomac. Rita frissonna, le ramenant à la réalité. Kane leva les yeux vers les étoiles, évaluant le temps qu'il restait avant le lever du soleil. Il avait toujours besoin de se sustenter, mais il lui restait du temps. Il retira sa redingote et aida Marguerite à la mettre avant de se pencher pour la prendre dans ses bras. Rita l'arrêta.

– Non, je préférerais marcher avec toi.

Les flammes et la fumée s'élevèrent autour d'eux, mais c'était le feu dans son regard qui inquiétait Kane.

– Nous attirerons l'attention avec nos vêtements déchirés et tachés de sang, dit-il.

Elle esquissa un sourire.

– Laisse-les nous regarder fixement. Nous sommes allés en enfer et nous en sommes revenus.

Kane rit, entrelaçant ses doigts à ceux de Rita tandis qu'ils marchaient côte à côte comme deux guerriers, deux survivants.

– C'est bien vrai.

Chapitre 13

La nuit suivante, Kane sortit des catacombes sous sa maison. Ses blessures guéries, sa force retrouvée, il souleva la lourde pierre sur le sol de sa chambre. Après avoir trouvé Rita en compagnie de deux vampires la veille, il était alors plus que prêt à lui offrir l'immortalité qu'elle convoitait.

N'importe quoi pour assurer sa sécurité.

Replaçant la lourde pierre, il se retourna pour découvrir un papier vélin plié sur son lit. Kane le prit, les sourcils marqués par la préoccupation.

Retrouve-moi au lac.
De tout cœur.
Marguerite

Il ne trouverait pas le réconfort en l'enlaçant et en l'embrassant. Rita n'était même pas sous son toit. Il eut un serrement de poitrine. Pourquoi partirait-elle ?

Kane posa son message sur son bureau et mit des pantalons d'équitation et une chemise de lin. Il lança un regard furieux aux cravates et aux redingotes accrochées dans la penderie. Il n'avait aucune patience pour la mode française.

Il se débattit avec les boutons de la chemise en se rendant vers l'étable, mais réussit à boutonner la majorité de ceux du bas avant d'abandonner et de seller Kukulkan.

Une fois en selle, il galopa vers le lac avec son étalon frison, vers Rita. Son estomac était noué. Il ne pouvait se souvenir d'une autre fois au cours de sa très longue existence où il avait ressenti quoi que ce soit de semblable. L'espoir, allié à la nervosité et à l'agitation.

Peut-être était-ce ce que l'on ressentait lorsque l'on vivait véritablement.

Il poussa son cheval à fond. Les lampes à gaz disparaissaient au loin derrière lui. Lorsqu'il aperçut le lac, Kane remarqua Candide attachée à un arbre près de la clairière. L'étalon se retourna et hennit à sa compagne d'étable. Kane tira sur les rênes pour ralentir Kukulkan au petit trot. Il se retourna sur sa selle et sourit malgré ses inquiétudes.

Marguerite était assise sur une couverture en bordure du lac.

Ses bottes touchèrent le sol, et il attacha Kukulkan à un arbre près de Candide. Il offrit une carotte à chaque cheval, puis se dirigea vers Marguerite, incertain de ce qui l'attendait et étonné de son incertitude. Après l'horreur de la veille, avait-elle décidé qu'elle ne voulait rien savoir de son existence dans l'ombre ?

Elle était là, le regard fixé sur la surface de l'eau, un châle enroulé autour des épaules et ses mains gantées. Il s'assit à ses côtés et rompit le silence.

– Rita ?

– Bonsoir.

Dès que leurs regards se croisèrent, elle sourit, et le cœur de Kane s'emballa en retour. Aucun rayon de soleil ne pouvait égaler la beauté de son sourire au clair de lune. Il posa une main sur sa joue, incapable de résister à l'envie de la toucher.

Elle se frotta contre la paume de sa main.

— Je suis heureuse que tu aies trouvé mon message.

— Cela semblait urgent.

— J'ai quelque chose à te montrer, dit Rita en retirant son gant pour lui donner sa main.

Il lui prit la main et remarqua un anneau mince de couleur autour de son annulaire. Après l'avoir examiné de près, Kane haussa un sourcil.

— Tu as une rose tatouée autour du doigt.

— Non seulement une rose, dit-elle en l'embrassant, éveillant immédiatement les sens de Kane, mais aussi une réponse.

— Une réponse ? demanda-t-il, se disant qu'il ne comprendrait jamais cette femme, même s'il avait terriblement envie d'essayer.

Marguerite hocha la tête.

— J'ai décidé que si j'allais pouvoir me métamorphoser en animal, je pourrais perdre une bague, mais ainsi, je la porterai toujours.

Il leva sa main pour la porter à sa bouche.

— Et je te chérirai toujours, dit-il en la portant à son cœur.

Il la regarda dans les yeux et murmura :

– *Hun ool, hun yaah*, dit-il en s'humectant les lèvres. Ce qui signifie un cœur, un amour, dans la langue de mon peuple.

De son autre main, Rita prit la main de Kane pour la porter à son cœur.

– *Hun ool, hun yaah,* dit-elle également.

Sentant leurs cœurs battre à l'unisson, les paroles de Rita dans la langue maya les lièrent et éveillèrent le jaguar en lui. Son cœur, son âme, son esprit et son corps appartenaient maintenant à Rita, et vice versa.

Kane la prit dans ses bras.

– *In tial,* dit-il.

– Qu'est-ce que ça signifie ? demanda Rita en levant les yeux vers lui, plus belle encore qu'aucune autre femme.

– Cela signifie que tu es mienne, Rita.

Il l'embrassa et l'étendit sur la couverture, souriant lorsqu'elle répondit :

– *In tial.* Et tu es mien.

Kane lui caressa les cheveux, se perdant dans le bleu de ses yeux.

– Je veux t'offrir une grande cérémonie de mariage. Nous pourrions descendre l'allée centrale de Notre-Dame. Tout ce que tu veux.

Rita secoua la tête.

– Aucun prêtre, aucune robe, ni aucun bijou ne feraient en sorte que je sois plus tienne que je le suis en ce moment dans tes bras.

– *Yaakuntik,* Rita.

Avant même qu'il ne puisse lui expliquer ce que cela signifiait, elle répondit :

– Je t'aime aussi.

• • •

Marguerite lui caressa la poitrine et ses solides épaules, lui retirant sa chemise. Enfant, elle s'était toujours imaginé un mariage dans une cathédrale, avec une messe, et peut-être une dot, mais se donner ainsi l'un à l'autre loin de la ville, loin des autres, avec seulement Kane, qui lui proclamait son amour au clair de lune en lui offrant son cœur, était plus important que tout rêve de jeunesse.

Il se leva alors qu'elle déboutonnait le bas de sa chemise. Aucun tissu ni aucune mode sur terre ne rendraient hommage à ce corps superbe. Les lèvres de Kane effleurèrent les siennes, les écartant. Elle gémit lorsque sa langue caressa la sienne. Les mains de Kane remontèrent ses cuisses vers sa taille, doigts écartés en caressant son abdomen pour remonter prendre ses seins dans ses mains.

Elle avait envie de ses caresses. La nuit précédente, elle avait vu tant de mort et de putréfaction, elle avait maintenant envie de ressentir l'amour et de se sentir vivante. Sentir les doigts de Kane délacer le devant de sa robe fit battre son pouls d'anticipation, et lorsqu'il repoussa le tissu et que l'air frais de la nuit caressa sa peau, elle haleta de désir. Kane rompit le baiser, caressant son corps du regard, puis avec ses mains.

Lui soulevant les hanches, il fit glisser sa robe au sol. Elle nota son sourire lorsqu'il se rendit compte qu'aucun sous-vêtement ne venait entraver son exploration. Ses mains glissèrent sur ses jambes, les écartant jusqu'à ce que le bout de ses doigts effleure les boucles là où elles se rejoignaient.

Marguerite rejeta la tête vers l'arrière, gémissant son nom au ciel au-dessus d'elle. Son corps frissonnait, déjà prêt à jouir. Les caresses de Kane éveillèrent en elle une passion inconnue. Tout à coup, il retira ses doigts.

Elle ouvrit les yeux et l'observa retirer ses pantalons et les jeter de côté. Il se coucha sur elle, l'embrassant doucement sur les lèvres.

— Je t'ai promis de ne pas me sustenter à toi sans que tu me le demandes.

Instinctivement, le corps de Rita se tendit.

— Je te l'ai offert hier soir, mais tu as refusé, préférant partir chasser.

Il rompit le baiser, posant les avant-bras de chaque côté de la tête de Rita.

— Ton esprit coule dans tes veines. Il est trop précieux pour que je m'en sustente et guérisse mes blessures. Lorsque je te goûterai enfin, Rita, je veux savourer notre proximité. Je veux que tu le désires. Que tu me fasses confiance de tout ton cœur et de toute ton âme.

Caressant ses fesses du bout des doigts pour remonter doucement le long de sa colonne vertébrale, elle le dévisagea. Le corps de Kane pressé contre le sien, il pouvait prendre son corps et sa vie n'importe quand.

Au lieu de cela, il l'aimait. Il avait fait preuve de plus d'honnêteté que n'importe qui d'autre dans toute sa vie.

— J'ai confiance en toi.

Il la remercia en lui offrant un sourire coquin qui lui réchauffa le cœur, et un baiser qui lui enflamma le corps.

Kane s'oublia dans son amour et son désir d'elle jusqu'à ce qu'il n'en puisse plus. Il avança les hanches pour se perdre en elle. Elle haleta son nom, ses muscles intérieurs se resserrant autour de lui avec avidité et désir. Il la pénétra encore et encore, sentant la faim le tenailler, éveillant ses sens. Les battements du cœur de Rita l'attiraient, l'incitant à la goûter, à la faire sienne et à les lier à tout jamais.

Les ongles de Rita se plantèrent dans ses épaules et il grogna dans le baiser. Glissant un bras autour d'elle, il se releva sur les genoux, l'entraînant avec lui. Rita enroula ses jambes autour de sa taille, et il s'assit, la pénétrant tout en la tenant étroitement enlacée.

Il posa dans son cou des baisers torrides et avides. Elle pencha la tête, berçant ses hanches contre les siennes. Il lécha sa peau à la base du cou, glissant doucement ses dents dessus, mais elle ne se tendit pas.

Les doigts de Rita se resserrèrent dans ses cheveux, le tenant étroitement.

— Prends-moi. Je veux être avec toi pour toujours.

Le désir et la faim le tenaillaient, mais il se retint. Il voulait être certain que sa morsure lui donne du plaisir et non pas de la douleur. Kane passa une main entre eux et la glissa entre ses boucles, l'excitant jusqu'à ce que son pouls cherche à faire éclater ses veines. Il embrassa sa peau douce, et lorsque ses muscles intérieurs se contractèrent autour de lui, il plongea ses crocs dans le cou de Rita.

Kane grogna contre sa peau. Son sang goûtait le soleil et la pluie, les fleurs et la lueur des chandelles, tout ce qui était beau. Il but longuement et doucement, savourant la proximité. Les pensées et les souvenirs de Rita se déversèrent en lui et leurs âmes s'unirent. Il sentit sa douleur d'avoir perdu Callia, et son amour pour lui.

Et il découvrit son esprit animal. Un faucon blanc planait dans ses veines et son âme. Un chasseur rare et superbe qui symbolisait la liberté dans sa forme la plus pure.

« *In tial.* »

Il la prit de nouveau.

Alors qu'elle s'affaiblit dans ses bras, il sentit sa voix dans son âme.

« *In tial.* »

Le pouls de Rita faiblit, et Kane se mordit la langue, embrassant tendrement ses blessures jusqu'à ce qu'elles soient guéries. Alors qu'il la tenait étroitement enlacée, leurs corps toujours liés, il porta son poignet à ses lèvres pour mordre la peau.

— Bois, Rita, dit-il en posant la blessure contre les lèvres de Rita.

Progressivement, il sentit le tiraillement dans ses veines. La sensation de Rita se sustentant à lui, observer ses lèvres sur sa peau, sa gorge élancée avalant ce qu'il lui avait offert, le fit basculer dans l'extase, et Kane braqua ses hanches contre elle tandis qu'il explosait en elle.

Rita gémit contre lui alors qu'il la tenait serrée. Elle l'avalait en elle, dans son corps, son sang et son âme. Il espérait qu'elle se sustente suffisamment pour reprendre ses forces, pour affronter l'éternité avec la ténacité qu'il espérait d'elle. Il n'avait jamais métamorphosé un mortel, mais de voir qu'elle n'était pas blessée lui donnait espoir.

Elle se retira, les lèvres rouges de son sang.

— Tu es à moi de corps, de sang et d'esprit.

— Tu as entendu mes paroles bien que je ne les aie pas prononcées dans ton esprit, dit-il, tandis que son poignet picotait là où la blessure se refermait.

— Nos pensées se mélangent comme dans une âme, dit-elle en lui donnant un long et tendre baiser. Je ne me sens pas différente.

Kane posa un baiser sur son front.

— Je n'ai jamais donné mon sang à quelqu'un d'autre. Je ne sais pas combien de temps nous devrons attendre.

Sans un mot, Rita se libéra et tendit la main pour prendre sa robe.

— Nous ne devrions pas être ici au lever du soleil.

Kane sourcilla devant son empressement à briser l'envoûtement de leur nouvelle union, mais il sut reconnaître sa sagesse. Fouillant son âme, il entendit le Notre Père, protégeant ses pensées de lui. Il se vêtit, faisant de son mieux pour ne pas laisser paraître la douleur et la confusion qui bouillonnaient en lui. Après l'avoir aidée à plier la couverture, il attendit qu'elle dise quelque chose, qu'elle le questionne, mais elle garda le silence.

Rita monta sur Candide sans aide, ses forces de toute évidence de retour.

— Te sens-tu assez forte pour chevaucher ? demanda-t-il en cherchant tout signe de faiblesse ou d'étourdissement.

— Oui, dit-elle, je vais… bien.

Rita n'attendit pas qu'il monte à cheval. Elle fit demitour et galopa rapidement vers Paris, le laissant derrière.

Chapitre 14

Marguerite partit devant, essuyant des larmes isolées sur ses joues. Cela n'avait pas fonctionné. Antoine lui avait raconté le processus à plusieurs reprises. Il avait bu de son créateur et avait instantanément ressenti une chaleur dans son corps tandis que son corps se transformait. Sa vision et son ouïe s'améliorèrent, il avait soif, mais pas d'eau, et sa force se décupla.

En quelques minutes.

Elle avait bu le sang de Kane, et outre le fait de sentir une plus grande proximité avec lui qu'avec quiconque, rien n'avait changé. Elle avait failli.

Peut-être que les marcheurs nocturnes ne pouvaient en créer d'autres.

Ou peut-être n'était-elle pas à la hauteur.

D'une manière ou d'une autre, leur union ne causerait à Kane que de la douleur. Elle vieillirait et le quitterait… en mourant. Elle avait tant cru à leur avenir, comme si c'était une certitude. Cela lui faisait mal de sentir que tout lui glissait entre les doigts. Elle se sentit idiote de croire qu'elle pouvait devenir quelque chose d'autre.

Son corps n'avait pas été à la hauteur.

Un sanglot lui échappa, et elle poussa Candide à accélérer le pas. Elle ne savait pas quoi dire, ou comment le lui dire. Elle l'avait plutôt exclu de son esprit afin d'avoir le temps de bien réfléchir.

Cependant, ses sanglots la trahiraient.

Candide ralentit en approchant de l'étable, et Marguerite respira profondément dans le but de se détendre. Elle immobilisa son cheval et descendit. Kane arriva alors qu'elle enlevait la selle de son cheval. Il sauta au sol, les traits froids et tirés.

Il l'arrêta, lui prenant la selle des mains.

— Pourquoi te caches-tu ? Tu m'as fermé ton esprit.

— Le soleil se lèvera sous peu, dit-elle en affichant son masque de charme et en lui offrant un sourire de coquetterie, tout en prenant une brosse pour prendre soin de Candide. Nous devions rentrer, non ?

Kane posa la selle sur le support et se retourna vers elle, fronçant les sourcils.

— Je ne suis pas un duc bien nanti que tu peux charmer. Il y a moins d'une heure, tu t'es offerte à moi, et tu m'as accepté comme faisant partie de ta vie. Maintenant, tu me mens. Pourquoi ?

C'est à ce moment que l'occasion se présenta. S'il la détestait, il ne la pleurerait pas lorsqu'elle serait morte.

Lorsque le soleil se lèverait, elle le quitterait durant son sommeil. Elle regarda fixement la rose autour de son doigt, le cœur en miettes. Elle serait toujours sienne tant qu'elle vivrait, mais il se souviendrait d'elle comme d'une trahison longtemps après qu'elle ait disparu de la surface de la Terre.

Elle se dit que c'était pour le mieux.

Mais cela ne lui faisait pas moins mal pour autant.

Elle mit les mains sur ses hanches.

— Tes accusations me blessent. Rien de ce que j'ai dit n'est faux. Si je décide de garder mes pensées pour moi, cela ne signifie pas que je mens.

Il circula autour d'elle comme le félin qu'elle savait tapi en lui. Le chat qu'elle s'était déjà imaginée devenir. C'était idiot de croire qu'elle pourrait devenir comme lui.

Elle avait été une amoureuse idiote pour croire qu'elle pouvait devenir une marcheuse nocturne.

Kane grogna et repoussa ses cheveux de son front.

— Comment puis-je t'aider si tu ne me fais pas confiance ?

Elle lui prit la main, mémorisant la sensation de sa main dans la sienne comme si elle n'allait jamais la lâcher.

— Je n'ai rien à dire Kane, dit-elle. Rien du tout.

Le premier mensonge était toujours le plus difficile.

• • •

Ils marchèrent main dans la main jusqu'à la maison, puis jusqu'à la chambre de Kane. Elle s'allongea sur le lit. Il ne la rejoignit pas. Kane souleva la lourde pierre sur le sol, exposant un passage sombre en dessous. Il se tourna vers elle, mais son regard ne brillait pas de cette lueur espiègle dont elle avait l'habitude.

— Ma chérie, mes quartiers diurnes sont sous la terre. Nous y serons en sécurité.

Elle ne serait jamais capable de déplacer la pierre une fois qu'il serait endormi. Une part d'elle avait envie d'abandonner. Lorsque le crépuscule viendrait le lendemain, il comprendrait que son corps ne s'était pas métamorphosé, qu'elle était toujours mortelle.

Et il jurerait de l'aimer de toute façon. Elle vieillirait tandis qu'il resterait jeune et fringant. Elle trépasserait et le laisserait derrière. Seul.

Marguerite se contracta et adopta le masque de la voleuse d'or. C'était ce qui devait être fait.

– Je ne peux supporter de dormir sous la terre, dit-elle en tendant la main pour prendre la sienne. Pourrions-nous rester ici ? Nous pouvons verrouiller la porte. Il n'y a aucune fenêtre pour laisser filtrer les rayons du soleil.

– Si Gérard devait ouvrir la porte, nous aurions l'air morts, Rita. Il pourrait appeler le médecin, et nous serions alors brûlés par la lumière du soleil, dit-il en hochant la tête. Non, nous devons dormir sous terre. Il y a une chambre. Tu ne te rendras même pas compte que tu es sous terre.

Elle soupira.

– Juste cette nuit, alors ? Laisse-moi dormir avec toi dans ton lit comme mari et femme. Je me ferai à l'idée de nos nouveaux quartiers, mais pour ce soir…, dit-elle en s'allongeant sur le lit. S'il te plaît, Kane.

Il s'assit sur le bord du lit et caressa son bras du doigt. Les muscles de son avant-bras se tendirent, et elle rêva d'être blottie dans ses bras, de l'entendre lui dire que tout irait bien.

– Je suis venu dans ce monde pour le soutenir et le protéger, dit-il d'une voix douce et insistante. Je n'ai pas eu le choix.

Ses yeux bleus croisèrent ceux de Marguerite.

– Je n'ai jamais cru possible de rencontrer une femme comme toi, courageuse, intelligente et assez brave pour abandonner les rayons du soleil pour marcher à mes côtés dans la nuit, dit-il en se penchant pour l'embrasser. Je t'aime, Rita, murmura-t-il.

Une larme glissa sur sa joue avant qu'elle ne puisse l'en empêcher. Kane recula.

— Tu pleures. Est-ce que tu souffres ?

— Non, sanglota-t-elle en essuyant ses larmes. Je ne souffre pas. J'aimerais ressentir quelque chose, mais je suis toujours mortelle. Rien n'a changé.

Il s'allongea près d'elle et la prit dans ses bras.

— Tu as raison, rien n'a changé. Tu es toujours ma femme et je t'aimerai toujours.

— Je ne ferai que te blesser en te quittant, et je ne veux pas passer le reste de mes jours à dire aux gens que tu es mon fils lorsque je serai vieille et grisonnante. Cela ne fonctionnera jamais, dit-elle en posant un baiser sur sa cicatrice. Je t'aime trop pour rester.

— Voilà pourquoi tu insistes pour que nous dormions ici, dit-il en cessant les caresses réconfortantes dans son dos. Tu allais me quitter.

— Cela vaudrait mieux pour nous deux.

Il la prit par le bras et l'éloigna de sa poitrine. Elle ne pouvait éviter l'intensité de son regard.

— Nous ne faisons qu'un. *Tu* ne décides pas ce qui serait préférable pour *nous* deux.

Une chaleur se fit sentir dans son ventre, repoussant la tristesse.

— Mais, toi, *tu* le peux ?

— Ce n'est pas ce que j'ai dit.

Marguerite s'assit, s'efforçant de lui jeter un regard furieux, mais les coins retroussés des lèvres de Kane en un sourire en coin la bouleversèrent.

— Je veux dire que nous devons en discuter et décider *ensemble* ce qui est préférable. Tu n'es plus seule au monde maintenant.

Marguerite baissa les épaules, la colère était dissipée.

— J'étais si heureuse ce soir. Être dans tes bras, prononcer nos vœux sous la lune et les étoiles. Mon corps m'a fait faux bond.

Kane se pencha pour lui voler un baiser, ses dents caressant sa lèvre inférieure et lui donnant des frissons.

— Ton corps est parfait. Peut-être ai-je mal fait quelque chose. Nous pourrons essayer de nouveau.

Essayer de nouveau. Pourquoi n'y avait-elle pas songé ? Marguerite déglutit bruyamment.

— J'aimerais bien cela.

— Moi de même…, dit-il en l'embrassant plus passionnément, sa langue fouillant sa bouche pour trouver la sienne avant de reculer et de prendre sa joue dans sa main. Nous devrions aller dormir en bas. Nous verrons bien demain.

Il la prit dans ses bras pour la transporter dans la chambre souterraine. Marguerite posa des baisers dans son cou en disant :

— J'aime bien le mot « nous ».

• • •

Tandis que le jour faisait place au crépuscule et que le soleil disparaissait derrière la ligne d'horizon, le cœur de Kane reprit son rythme régulier. Sa poitrine se gonfla, et il ouvrit les yeux. Il tendit la main pour toucher Rita.

Son lit était vide.

Il s'assit. L'odeur du sang emplit la pièce, mélangée avec une certaine odeur nauséabonde. Il se leva pour la trouver au sol, du sang séché autour des yeux, du nez et des oreilles, et le corps couvert d'excréments.

— Non, dit-il en se précipitant pour la prendre dans ses bras, alors qu'elle ne respirait pas et que son cœur ne battait pas. Non, non, non!

Kane remonta rapidement dans sa chambre à une vitesse surnaturelle et posa son corps dans la baignoire en porcelaine. Il y versa l'eau chaude que Gérard laissait chaque après-midi dans la baignoire, mais Rita demeura immobile. Des larmes de sang coulèrent sur ses joues jusque dans la baignoire. Elle n'était plus… À cause de lui. Par sa faute. Il n'aurait jamais dû être si égoïste pour tenter de la métamorphoser.

Un chiffon flottait dans la baignoire. Il le prit pour laver tendrement le corps de Rita.

— S'il te plaît, Rita. S'il te plaît, ne me quitte pas.

Mais elle n'était déjà plus là, sa peau était froide et son cœur silencieux.

— Pardonne-moi, dit Kane en lui serrant la main.

Il secoua la tête, le tourment se transformant en une colère juste.

Il se leva, lançant le chiffon mouillé à l'autre bout de la chambre. Kane donna un coup de poing dans le mur, faisant craquer la pierre. Une douleur se fit sentir dans ses jointures; il aimait cette douleur physique. Il frappa le mur de nouveau avec suffisamment de force pour briser quelques os de sa main.

— Elle était mon cœur et mon âme, murmura-t-il, la tête contre la pierre. *In tial.*

« *In tial.* »

Kane se précipita aux côtés de Rita et s'agenouilla. D'une main hésitante, il repoussa les cheveux de son front. Avait-il imaginé sa voix dans sa tête ?

— Rita ?

Un bruit extraordinaire lui caressa les oreilles. Le cœur de Rita se mit à battre et elle inspira profondément. Ses cils clignèrent et, finalement, il put la regarder droit dans ses beaux yeux bleus.

Sa vision se brouilla. Retenant ses larmes, il lui prit le visage à deux mains et se pencha pour embrasser ses lèvres.

— Bienvenue !

Rita le dévisagea comme si elle le voyait pour la première fois. Progressivement, un sourire se dessina sur ses lèvres.

— Je peux entendre ton cœur battre, dit-elle, se relevant en position assise. Je ne me souviens pas de la métamorphose, mais maintenant je vois… tout.

Heureux qu'elle ne semble pas se souvenir de sa mort, Kane posa son front contre le sien.

— Tu n'as pas mal ?

Elle fit non de la tête et éclata de rire.

— Je crois que ça y est pour la métamorphose.

Il la prit dans ses bras pour la porter au lit. Allongé près d'elle, il la prit dans ses bras.

— J'ai cru t'avoir perdue.

Marguerite posa un baiser sur la cicatrice sur son cœur.

— Impossible, mon amour.

Il sourit et se pencha pour l'embrasser.

— Si je suis assez chanceux…

Épilogue

À travers les carreaux de verre des portes, il pouvait voir Rita sur le balcon surplombant l'étable. Elle prenait soin de ses roses au clair de lune. Ce soir, ils avaient prévu passer la soirée au lac.

Il avait acheté la propriété comme refuge à partager. Il pouvait se métamorphoser en jaguar, son esprit animal, et Rita empêchait la bête de trop s'éloigner. À son tour, elle avait réussi à fusionner son esprit animal au point de pouvoir planer au-dessus de lui, métamorphosée en un superbe faucon blanc.

Une année s'était écoulée depuis leurs noces sous les étoiles. Il était toujours ébloui par l'éclat de son rire et la joie de son sourire.

Il sortit et s'approcha d'elle par-derrière, glissant un bras autour de sa taille étroite. Rita se retourna dans son embrassade et lui donna un baiser enjoué, glissant ses doigts dans ses cheveux.

Il lui caressa le dos.

– J'ai quelque chose pour toi.

– Oh ? lui sourit-elle.

Il hocha la tête et glissa une main dans sa poche. Il en extirpa sa montre en or, la laissant pendre devant elle. Rita leva les yeux au ciel et éclata de rire. Il ne put résister à l'idée de l'embrasser.

Le regard de Kane se fixa au sien.

– Tu es toujours ma voleuse d'or.

Rita sourit, un éclat espiègle dans les yeux.

– Je n'ai *pas* volé ta montre.

– Non, dit-il en se rapprochant, ses lèvres caressant celles de Marguerite. Tu as volé mon cœur.

Remerciements

J'ai eu beaucoup de plaisir à écrire cette nouvelle. Merci à Liz Pelletier et à Heather Howland de m'avoir donné l'occasion de donner vie aux marcheurs nocturnes. Je tiens également à remercier toute l'équipe d'Entangled Publishing. Je suis si heureuse de faire partie de la famille.

Un merci tout particulier à K.L. Grady pour ses conseils à propos de cette histoire. J'ai adoré travailler avec toi. J'éprouve également une profonde gratitude envers Theresa Cole de m'avoir aidée à peaufiner ce récit malgré un échéancier très serré. Tu as été géniale ! J'ai une grande chance de pouvoir travailler avec toi !

Merci à mon fils, Reno, de m'avoir donné une raison de visiter Paris et Notre-Dame. T'entendre chanter dans cette cathédrale a été un des moments les plus extraordinaires de ma vie.

Merci à Panda, à Ken, à Sarah et à Kinley, qui en ont fait la lecture, parfois plus d'une fois. Vous êtes extra !

Et à Mary Leo, une seule chose à dire : « Quel coup victorieux ! »

À propos de l'auteure

Lisa Kessler est une auteure primée de romans noirs paranormaux. Son premier roman, *Le marcheur nocturne*, a reçu le prix San Diego Book Award dans la catégorie Fantaisie/science-fiction/horreur, et a également décroché la première position des catégories Paranormal et Premier roman du concours Romance Through the Ages.

Ses nouvelles ont été publiées dans des anthologies et des magazines, et son récit vampirique *Immortal Beloved* était en lice pour le prix Bram Stoker.

Lisa habite dans le sud de la Californie avec son extraordinaire mari et ses deux formidables enfants. Vous pouvez en apprendre davantage sur elle et ses ouvrages à http://Lisa-Kessler.com.

Après cette nouvelle, découvrez
le livre 1 de la série Nuit

Chapitre 1

Lorsqu'elles garèrent la voiture devant la Mission de Alcala, Kate leva les yeux vers les cloches. Même si elle avait grandi à San Diego, elle n'avait jamais joué les touristes et visité ce monument célèbre, ce qu'elle admettait alors être une honte. Le clocher blanc en arche de la première mission espagnole du Nouveau Monde s'étirait vers les cieux, insouciant du paysage environnant qui changeait. Pendant un instant, elle eut l'impression d'avoir effectué un retour en arrière.

Edie souleva le lourd sac d'appareils photo et dit :

– Dépêche-toi ! Nous ne voulons pas suivre le service debout.

— J'arrive, dit Kate en gravissant les marches inégales de l'escalier derrière ses amies.

Quand elles pénétrèrent dans le sanctuaire en adobe blanc, Kate eut le souffle coupé. Le plafond en pin naturel s'élevait bien au-dessus d'elles, les voix résonnaient dans l'espace caverneux, et la douce mélodie des cordes des grandes orgues à l'arrière flottait dans l'air. La musique déferla sur la congrégation, emplissant l'église d'une paix profonde.

Sa mère aurait adoré l'endroit.

Lori prit Kate par la main et la tira de l'autre côté du sanctuaire vers un banc près de la porte opposée. La lueur des chandelles emplissait le lieu d'un éclairage chaleureux. Rapidement, le seul bruit fut celui des litanies des prêtres. Des images de la crucifixion du Christ tapissaient les murs, et les hymnes doux du chœur ajoutaient à l'intensité de la messe. Un chagrin doux-amer lui gonfla le cœur. Ce serait une deuxième période des fêtes sans ses parents, et sa première sans Tom. La messe ressemblait à un rappel solennel pour lui dire qu'elle était seule au monde.

La pièce disparut derrière un rideau de larmes.

— J'ai besoin de prendre l'air. Je serai à l'extérieur, murmura Kate à Edie.

Edie lui jeta un regard interrogateur pour savoir si tout allait bien. Kate réussit à sourire et à opiner du chef avant de se glisser dehors. Alors que les lourdes portes de bois se refermaient derrière elle, elle pénétra dans une cour luxuriante peuplée de croix centenaires en adobe qui s'élevaient parmi les fougères touffues. Ces dernières menaçaient de les avaler. D'autres chandelles vacillaient çà et là dans le jardin. Des ombres passaient sur les murs environnants, se fondant dans l'obscurité tapie dans les coins et les alcôves.

La fraîcheur de la nuit lui emplissait les poumons, calmant la tempête qui couvait en elle. La présence des familles et des couples dans le sanctuaire ranimait son chagrin. Elle avait érigé des murs de protection autour de la place qu'occupaient ses parents et son ex-fiancé, mais ceux-ci s'effritaient. Kate prit de nouveau une grande inspiration et regarda fixement la lune pâle. Elle pouvait presque entendre la voix de sa mère lui dire de garder la tête haute. D'aller de l'avant.

Comme elle s'était promis de le faire.

S'éclaircissant la voix, Kate se concentra sur ce qui l'entourait et emprunta un petit sentier de tuiles usées vers un écriteau défraîchi. La cour et les croix qui y étaient plantées rendaient hommage aux aides-autochtones qui avaient travaillé à la Mission de Alcala au tout début. Kate balaya de nouveau le jardin du regard, découvrant davantage de croix artisanales à demi cachées par un fourré de fougères. La plupart penchaient sur le côté, abîmées par les années d'exposition au soleil et à la pluie.

Les angles, jadis bien taillés aux marqueurs, s'affaissaient désormais comme s'ils s'apitoyaient.

Suivant le sentier, elle s'aventura plus loin dans le jardin et découvrit une nouvelle croix presque engloutie par la verdure et les fleurs qui poussaient autour d'elle. Bien que le sentier soit négligé et le monument, couvert de mousse, une simple couronne de fleurs était posée au cou de la croix.

Combien d'Autochtones étaient morts à la Mission de Alcala à ses débuts ? Elle se demandait si quelqu'un connaissait la réponse. Elle avait appris l'existence de la Mission à l'école primaire, mais ses enseignants n'avaient jamais abordé les relations entre les missionnaires et les tribus locales. « Aide » était-il un mot élégant pour parler d'esclavage ? Elle l'ignorait, mais, quel qu'ait été leur rôle, il était intéressant de constater que les Autochtones qui avaient vécu à la Mission n'avaient pas sombré dans l'oubli.

Lorsque le service prit fin, le murmure d'une faible conversation brisa sa solitude. La messe était-elle déjà terminée ? Kate fronça les sourcils. Depuis combien de temps était-elle dehors ?

Des moteurs de voiture s'emballèrent, et des freins crissèrent ; les phares noyèrent les ombres de la lueur des chandelles. Au-delà du portail en fer forgé, de petits groupes de personnes s'éloignaient jusqu'à ce que tous les phares allumés des voitures du stationnement l'éblouissent. Elle se serait inquiétée de l'absence de Lori et d'Edie si elle avait ignoré leurs projets avec leurs appareils photo numériques après la messe.

Selon ses amies, *Dia de los Muertos* était la nuit parfaite pour faire la chasse aux fantômes. Lori et Edie avaient toujours aimé les histoires de fantômes lorsqu'elles étaient enfants, et leur penchant n'avait fait que se décupler en grandissant, car elles se considéraient alors comme des enquêtrices-amatrices de phénomènes paranormaux. Quel meilleur endroit pour les trouver que le plus vieil édifice de San Diego durant la seule nuit de l'année consacrée aux morts ?

Kate ne partageait pas leur zèle pour les esprits, mais cela ne la dérangeait pas de les attendre alors qu'elles s'amusaient. Elle était heureuse de prendre quelques minutes pour elle de toute façon.